로크미디어가
유혹하는
재미있는 세상

ROK
MEDIA
로크미디어

이것이 법이다

이것이 법이다 78

2019년 12월 18일 초판 1쇄 인쇄
2019년 12월 23일 초판 1쇄 발행

지은이 자카예프
발행인 이종주

총괄 김정수
경영 지원 배진경 임혜솔 송지유

기획 이기헌 왕소현 박경무
책임 편집 최전경

발행처 (주)로크미디어
출판등록 2003년 3월 24일
주소 서울시 마포구 성암로 330 DMC첨단산업센터 3층 318호, 319호
Tel (02)3273-5135 **편집** 070-7863-8592 **Fax** (02)3273-5134
홈페이지 rokmedia.com **E-mail** rokmedia@empas.com

ⓒ 자카예프, 2015

값 8,000원

ISBN 979-11-354-4577-4 (78권)
ISBN 979-11-255-9575-5 04810 (세트)

이 책의 모든 내용에 대한 편집권은 저자와의 계약에 의해
(주)로크미디어에 있으므로 무단 복제, 수정, 배포 행위를 금합니다.

작가와의 협의에 의해 인지는 생략합니다.
잘못된 책은 구입처에서 바꾸어 드립니다.

이것이 법이다

78

자카예프 장편소설

ROK
MEDIA
로크미디어

CONTENTS

오래된 사건, 오래된 사랑

매년 많은 실종자가 생긴다.

물론 세상이 싫어서 스스로 숨는 사람들도 있다.

하지만 이유가 어찌 되었건 당연하게도 가족들은 그런 사람을 찾기 위해 노력한다.

"하지만 장애 아동 실종은 전혀 다른 문제지."

송정한은 차분하게 설명했다.

"이거라면 자네가 할 수 있겠지?"

"저 말고는 할 수가 없겠네요."

노형진은 씁쓸하게 웃었다.

"그래. 매년 적지 않은 수의 사람들이 실종되지. 그중에는 장애인들도 많아."

송정한은 서류를 건네며 말했다.

이제 국회의원이 된 그는 시간을 내는 것이 쉽지 않았다.

하지만 그럼에도 불구하고 가끔 중요한 사건을 직접 관리했다. 직접 재판에 참가할 수는 없지만, 노형진에게 맡기는 것만으로도 충분히 해결 가능하니까.

"실종이라면 자네가 전문이겠지."

송정한은 노형진의 사이코메트리 능력을 알고 있다.

남이 보지 못하는 것을 보는 것.

그건 실종에서 탁월한 능력을 발휘한다.

"실종된 아이들이 많네요. 그런데 다 오래된 사건이네요?"

"그래. 지적장애아들이야. 지금까지 여러 곳에 도움을 요청했지만 제대로 된 도움은 받지 못한 모양이더군. 아무래도 시스템이 잘되어 있는 요즘과 달리 옛날에는 안 그랬잖나."

"흠, 그래도 이상한데요? 아무리 오래된 사건들이 많다고 하지만 그래도 실종자가 너무 많습니다. 더군다나 최근에도 실종자가 있다고 나오다니요? 대표님 말씀대로라면 요즘은 시스템이 잘되어서 장애인이 실종되는 일이 많지 않을 텐데요."

노형진은 고개를 갸웃하면서 기록을 살폈다.

최근 2년 전에도 실종자가 있었다.

전산화되어서 등록되는 점을 감안하면 말이 안 되는 시기다.

"그래서 자네에게 부탁하는 걸세. 경찰 입장도 이해는 가지만, 아무래도 실종자가 이상할 정도로 너무 많아서 말이지."

송정한에게 찾아오는 민원인들은 적지 않다.

물론 말도 안 되는 청탁을 하려고 오는 인간들도 분명 존재하지만, 그가 과거에 은폐된 살인 사건을 해결한 적이 있기 때문에 그런 유의 도움을 바라는 사람들도 적지 않다.

"마흔 명이 넘는 장애인 실종자들이라……."

노형진은 피해자들이 건넨 실종자 명단을 보면서 곰곰이 생각에 잠겼다.

그들에게는 공통된 특징이 있었는데, 바로 지적장애인이라는 것이었다.

"보통은 이런 경우는 염전 노예 쪽을 알아보는 게 답인데요."

노형진과 새론도 한 번 해결했지만, 염전 노예는 아직도 완전히 해결되지 않고 있다.

경찰도 해결 의지가 없고. 법원도 선처 타령을 하면서 가해자들을 무조건 풀어 주고 있는 상황.

심지어 해당 사건을 조사했던 경찰을 좌천시키기까지 했다.

결국 새론의 정보 팀이 몰래몰래 돌아다니면서 증거를 찾고 개별 고소하는 것이 최선이었다.

"알고 있네. 그래서 정보 팀에 알아봐 달라고 하기는 했네. 하지만 자네도 알다시피, 염전 노예들이 필요한 이유는 노동력 아닌가? 그런데 이 사람들은 노동력을 기대하기 힘든 부류거든."

"그건 그렇지요."

장애인이라고 해서 다 똑같은 건 아니다.

장애에도 등급이 있는데, 염전 노예로 착취당하는 장애인들은 어느 정도 지능이 있는 사람들이 많다.

아예 멀쩡한 사람을 노예로 쓰려고 하면 미쳐서 가해자를 죽여 버리고 도망갈 수도 있기에, 어느 정도 지능은 있어서 말은 알아듣지만 저항은 하지 못할 정도의 장애인을 선호한다.

"하지만 실종자 대부분은 그 정도 지능도 안 되는 거군요."

말 그대로 중증 지적장애인들.

사회적으로 보면 일할 수 없는 사람들.

"하지만 그렇다고 해도 부모에게는 자식이지."

핏줄이란 그런 거다.

아무리 장애가 있다 해도, 자신에게 도움이 안 된다고 해도 결국 자식이고 형제자매이며 가족이다.

"가족들이 몇 년간 찾아다녔는데 어디에도 없다는군. 심지어 염전 노예로 잡혀갔을까 해서 한국에 있는 염전이란 염전은 다 찾아다닌 모양이야."

"그래요?"

"그래."

그것뿐만 아니다. 돌아다니다가 조금이라도 이상하다 싶으면 사진을 찍어서 같은 피해자 단체에 가져다줬단다.

그러면 그 단체에 속한 사람들은 주기적으로 그 사진을 확인하면서, 자신들이 가 보지 못한 곳에 아이가 있는지 확인했다는 것이다.

"그리고 한국의 정치란…… 더럽지."

송정한이 한숨을 쉬며 말하자 노형진은 씁쓸한 미소를 지었다.

표에도, 사회적으로도 도움이 안 되는 장애인 실종 사건.

당연하게도 정치인도, 경찰도 관심이 없다.

"차라리 한쪽만이라도 관심이 있으면 모르겠는데 말이지."

"둘 다 관심이 없지요."

그러니 정치인도, 경찰도 자연스럽게 피해자들을 무시하는 일이 벌어지는 것이다.

"자네도 알다시피 우리나라 경찰이 썩 유능한 조직은 아니지 않나?"

"알죠."

일단 신고가 들어오면 경찰은 관할에 넘긴다.

그리고 그냥 전산상에 실종자로 등록하고 끝.

그 지역에 없으면 딱히 찾아다니지 않는다.

"문제는 이런 실종의 경우 제법 멀리까지 갈 수 있다는 거네."

"그리고 그 지역 경찰들은 부패해서 그걸 은폐하고요."

신안에서도 그랬다.

경찰은 도리어 도주한 노예들을 잡아서 주인에게 데려다주기까지 했다.

그러니 실종 사건이 제대로 해결될 리 없다.

"설사 실종 전문 팀이 있어도, 장애인은 순위에서 밀리지."

송정한은 원래 판사였다.

그래서 경찰의 문제점을 잘 알고 있었다.

"문제는 그게 지금까지 고쳐지지 않았다는 거죠."

"그렇지."

보통 문제점이 고쳐지는 건 그 문제점이 심각한 뭔가를 드러냈을 때 일어나는데, 장애인들의 실종은 그런 문제를 일으킬 만한 일이 아니다.

"이거 참······ 제가 경찰이 아닌데······."

노형진은 머리를 북북 긁었다.

"하지만 어쩌겠나? 변호사로서 제대로 하려면 그래야지."

"그건 맞습니다만, 좀 씁쓸해지는 것은 어쩔 수 없네요."

변호사의 업무를 보자면 작게는 의뢰인을 법률적으로 보호하는 것이지만, 크게 보면 여러 업무에서 의뢰인을 대리하는 것이다.

"그리고 법률적으로 제대로 방어하려면 스스로 수사하는 능력이 있어야지요."

그게 다른 곳과 새론의 가장 큰 차이점이다.

다른 곳은 그저 법전에 있는 법이 어쩌고를 주장하지만 새론은 별도로 사건을 조사한다.

"일단 자네가 좀 알아봐 주게. 나로서도 영 찜찜한 사건이야. 협회에 속한 실종자만 마흔 명일세. 협회 자체도 생긴 지

3년밖에 안 되었고."

그 말은 대부분의 실종 장애인 가족들은 이 단체를 알지 못한다는 뜻이니, 실제로 얼마나 많은 실종자들이 있을지도 알 수 없다는 소리다.

"알겠습니다. 제가 좀 조사를 해 보도록 하지요."

노형진은 고개를 끄덕거리며 말했다.

⚖️

"장애인이라……. 확실히 이런 문제가 있기는 하지요."

이번 사건을 같이하게 된 무태식은 기록을 보면서 말했다.

"이런 문제가 많다고요?"

"네, 생각보다 장애인 실종 사건은 많습니다."

손채림의 질문에 무태식은 차분하게 이야기해 줬다.

"그런데 어디로 갔는지 모른다는 게 문제지요."

"혹시 그런 거 아냐? 그 장기 밀매 조직 같은 것에 얽혔다든지."

노형진은 고개를 흔들었다.

"물론 장기 밀매 조직이 없는 건 아니야. 몇 차례 박살을 내기는 했지만 돈이 되니까 아예 사라지지는 않았겠지. 하지만 그건 가능성이 낮아."

"어째서?"

"장기 밀매 조직이 노리는 표적은 죽으니까."

"그거랑 무슨 관계야?"

"어차피 죽잖아. 그러면 당연히 건강한 사람을 노리지, 장애인을 노리지는 않아."

"아아."

어차피 피해자가 죽을 수밖에 없는 장기 밀매다.

그들의 기준으로 보자면 장애인은 질이 안 좋은 상품이다.

"물론 지적장애인이니까 신체적으로 문제가 없을 수도 있지. 하지만 그렇다고 해서 그들이 굳이 장애인만 노릴 이유는 없어."

"으음……."

"거기에다 지적장애인들이 혼자 다니겠어?"

"아…… 그러네."

어떻게 보면 일반 성인보다 납치 난이도가 높은 것이 바로 장애인들이다.

언제나 보호자들이 따라다니니까.

"그러면 어떻게 납치를 한 거지?"

손채림은 고개를 갸웃했다. 도대체 장애인을 납치해서 뭘 하려 한 건지 이해가 가지 않았다.

노형진은 그런 손채림의 말에 고개를 흔들었다.

"아마 납치는 아닐 거야."

"어? 납치가 아닐 거라고?"

"그래. 의뢰인들의 진술을 보면 말이지."

부주의하게 돌아다니다가 어느 순간 보이지 않았다는 증언들.

이는 즉, 누군가 납치를 한 게 아니라 말 그대로 인파 속에서 헤어진 경우가 대부분이라는 뜻이다.

"그리고 애초에 납치할 정도로 이득이 있는 것도 아니고. 내 예상으로는 아마 처음에는 단순 실종이었을 거야."

"처음에는?"

손채림은 고개를 갸웃했다.

무태식은 노형진의 말이 이해가 가지 않는지 되물었다.

"그 당시 현장에 CCTV 같은 건 없었답니까? 단순 실종이라면 찾는 게 어렵지 않았을 텐데요."

"몇 개 있다고 하지만 끝까지 추적하는 건 불가능했답니다. 아무래도 완벽하게 추적하지는 않았나 보더군요."

카메라 동선에서 갑자기 사라져 버리면, 그 후부터는 어느 쪽으로 갔는지 찾을 수가 없다.

그러면 사건이 미궁에 빠진다.

"일단은 피해자들을 만나 봐야 하나, 혹시 어디 갈 만한 곳이 있었는지?"

노형진은 고개를 흔들었다.

"아니, 이번에는 아닐 거야."

뭘 노린 것도 아니고, 말 그대로 장애인들만 데리고 갔다. 그 후에 뭔가 요구한 적도 없고.

"이런 상황에서 피해자들을 붙잡고 캐 봐야 뭐가 나오겠어? 도리어 피해자들의 상처만 후비는 셈이야."

"그런가?"

"애초에 그런 질문은 이미 경찰이 했겠지. 뭐라도 알아낼 수 있었다면 이미 찾았을 거야. 지적장애인들이 어디 갈 만한 곳이 있는 것도 아닐 테고. 그리고 사실 의심이 가는 쪽이 있기는 해."

"의심이 가는 쪽이 있다고?"

"응."

"어디인데?"

"병원."

"병원?"

"그래, 병원."

노형진은 눈을 찌푸리며 말했다.

"어디에도 쓸 수 없는 사람들이지만, 또 그래서 어딘가에서는 필요한 법이거든."

"그게 무슨 소리입니까? 병원에서 왜 그들을 데리고 가요?"

무태식은 병원에서 그들을 데려갈 이유가 없다고 생각했다.

애초에 병원에서 데리고 갔다면 이미 찾았어야 하지 않겠는가?

하지만 현실은 무태식이 아는 것과는 좀 달랐다.

"혹시 찬드라 사건 아십니까?"

"찬드라 사건요?"

"그게 뭔데요?"

다들 고개를 갸웃했다.

하긴, 유명한 사건은 아니다.

노형진도 우연히 알게 된 사건이었다.

그리고 그 사건으로 인해 노형진은 한국 법률의 문제점을 알아차렸고 말이다.

"네팔 노동자인 찬드라 쿠마리 구룽이라는 여성이 당한 일이죠."

한국에서 노동자로 일하던 찬드라는 회사 근처에 있던 식당에서 밥을 먹고 나서야 자신이 지갑을 가지고 오지 않았다는 것을 알아차렸다.

"그래서 그녀는 그걸 설명하려고 했지요."

하지만 주인은 그녀가 한국말을 못하는 외국인인 걸 알고는 경찰에 신고를 했고, 경찰은 그녀를 데리고 가서 다짜고짜 정신병원에 집어넣었다.

"정신병원?"

"아니, 거기에 마음대로 들어간답니까?"

"그때는 그랬습니다."

행려 환자로 분류되어 정신병원에 갇힌 상황에서 그녀는 자신이 정신병자가 아니라고 주장했지만 아무도 들어 주지 않았다.

"나중에는 거기에 입원한 정신병자들까지 그녀가 정신병자가 아니라 외국인이라고 의료진에게 말했다고 합니다."

"그런데도 안 풀어 줬다고요?"

"네."

"어째서요?"

"간단합니다. 돈 때문이지요."

처음에야 행려 환자로 들어갔지만, 사실 조금만 신경 쓰면 그녀가 외국인이라는 것을 어렵지 않게 알 수 있었을 것이다.

그런데 그들은 그런 확인도 하지 않았다.

나중에 그녀가 외국인임이 의심된다면서 통역이라고 다른 나라 사람을 데리고 오기는 했는데, 방글라데시인이었다.

한데 찬드라는 네팔 사람이었으니 당연히 말이 안 통했고.

"바보 아냐?"

손채림은 어이가 없었다.

사실 외국인을 알아보는 건 어렵지 않다.

외모부터 차이가 많이 나니까.

설사 외모가 비슷하다고 해도 정상인이니, 말하는 것을 들어 보면 국적 정도는 알 수 있을 것이다.

외국어가 익숙하지 않다고 해도, 말을 들어 보면 규칙성이 있을 수밖에 없으니까.

지적장애인들이 하는 어눌한 말과는 전혀 다르다.

"애초에 외국인 노동자라며? 그럼 자기 회사 이름은 말했을 거 아니야?"

"그렇지. 아무리 모른다고 해도 자기 회사 이름을 모르지는 않지."

거기에 전화 한 통이면 모든 게 다 해결된다.

그런데 그마저도 확인하지 않았다?

"그녀가 그 정신병원에 있었던 시간이 무려 6년이야."

"그게 말이 됩니까?"

"됩니다."

사람마다 말을 배우는 속도가 다르다고 하지만, 1년이나 한국인과 같이 지냈다면 최소한 '나는 네팔 사람입니다.'라거나 '나는 정신병자가 아닙니다. 어디 회사 다닙니다.' 같은 말 정도는 할 수 있다.

더군다나 애초에 그녀는, 어눌하긴 하지만 어느 정도 한국말을 할 줄 알았다.

"하지만 정신병원은 그 말을 들어 주지도 않았을뿐더러 심지어 그 말을 할 때마다 약물치료를 해서 재워 버렸죠."

"어째서요?"

"한국의 잘못된 법 때문입니다."

"법요?"

"네, 무연고 행려 환자에 대한 규정이 있거든요."

행려 환자.

그들은 가족도 없이 떠돌아다니는 아픈 사람들이다.

그런 경우는 둘 중 하나다.

짐이 되기 싫어서 가족에 대해 이야기하지 않든가, 아니면 정신병이 있어서 말을 하지 못하든가.

"그런 경우 정부는 해당 환자를 병원에 강제 입원시킬 수 있습니다. 그리고 그 환자에 대한 진료비를 해당 병원에 지원하게 되어 있지요."

"어? 그런 규정이 있어?"

"아무래도 세상이 바뀌어서 사람들은 잘 모르지."

"아…… 맞습니다. 저도 조금 기억나네요. 요즘은 행려 환자가 거의 없죠."

"네, 하지만 아예 없는 것도 아니죠."

과거에는 돈이 없어서 떠돌아다니는 행려 환자가 많았다.

이 법은 그때 만들어진 것이다.

하지만 지금은 스스로 입을 다무는 행려 환자는 거의 없고, 대부분은 정신 질환을 가진 경우다.

"마음대로 가둔다고?"

"아무래도 정신 질환자들 중에는 위험한 사람들이 많으니까. 갑자기 미쳐서 칼 들고 설칠 위험도 존재하거든."

"맞습니다. 그런 사건도 몇 번 있었어요."

그래서 그런 상황을 막기 위해 만들어진 규정이다.

문제는 그런 사람들이 아닌 이들이 강제로 입원당한 경우다.

"행려 환자로 취급해서 강제로 입원시키면 정부에서 돈이 나와. 그 때문에 옛날에는 병원과 경찰이 알게 모르게 끈끈한 관계를 가지는 경우도 적지 않았어. 경찰은 귀찮은 사람을 행려 환자로 몰아 처리해 버리는 것과 동시에 돈을 받을 수 있어서 좋고, 병원은 그렇게 들어온 사람을 데리고 있으면 정부에서 진료비를 계속 받을 수 있어서 좋으니까."

"그럼 아까 그 찬드라라는 분은?"

"그런 상황에서 당한 거지."

사실 아무리 지금과 다른 시대라고 해도, 외국인이라는 것을 경찰이 모를 리 없다.

당장 외모 자체가 한국인과 다르니 말이다.

경찰의 주장은 말도 어눌하고 더듬거려서 그랬다는 건데, 그녀가 말한 회사에 확인하지 않은 이유에 대해서는 아직도 입을 다물고 있다.

"병원도 마찬가지야. 무려 6년이 넘게 입을 막고 귀를 닫은 거지."

그동안 누구도 그녀의 말을 믿어 주지 않다가, 새로 바뀐 담당 의사가 그녀의 말을 믿어 주면서 풀려날 수 있었다.

"그 전 의사는 왜 안 믿어 줬을까?"

"그러게. 왜 안 믿어 준 거지?"

"돈이니까. 아니, 사실 일이 이쯤 되면 돈이 문제가 아니게 되거든."

명백하게 현행법상의 감금이다.

거기에다가 돈을 받아 내기 위해 행려 환자들을 강제로 잡아 두고 있다는 의심을 받게 된다.

"그러니 풀어 줄 수가 없는 거지."

"허."

손채림은 어이가 없어서 헛웃음이 나왔다.

무태식도 머리를 절레절레 흔들었다.

"왜 그 생각을 못 했는지 모르겠네요."

"요즘에는 행려 환자가 거의 없으니까요."

"그야 그렇지만……."

그러니 변호사들이 그런 사건을 접할 일도 별로 없다.

변호사도 사람이다.

아무리 노력해도 모든 법을 다 알 수는 없다.

"써먹을 일이 없으니 당연히 모를 수밖에요."

"끄응."

무태식은 자신의 실수에 작게 신음을 흘렸다.

"그런데 그거랑 장애인 납치랑 무슨 관계야?"

"장애인들이잖아. 말도 못 하고 자기 의견도 제대로 전달하기 힘든 장애인들. 그들을 데리고 있으면 정부에서 지원금이 나오지."

"허?"

찬드라처럼 말을 배워서 억울하다고 할 수도 없는 그런 사람들이다.

그러니 그런 병원 입장에서는 말 그대로 돈을 만들어 내는 기계다.

"거기에다 기본적으로 그들은 정신병이 아니야."

병이라는 것은 치료가 가능한 것이다.

하지만 그들이 가진 것은 정신병이 아니라 장애다.

즉, 나아질 수가 없는 거다.

행려 환자로 분류되어 갇혀 버리는 순간, 절대 바깥으로 나갈 수가 없다.

"거기에다 그들에게는 진료비가 나가지 않지."

장애일 뿐, 미친 게 아니니까.

그러니 딱히 치료 과정도 필요 없다.

"살아 있는 현금인출기나 마찬가지겠네요."

무태식도 현실을 안다는 듯 끌끌 혀를 차면서 말했다.

"그러다가 죽으면, 그냥 무연고 처리해서 묻어 버리면 그만이거든."

노형진의 말에 손채림의 표정이 딱딱해졌다.

누가 봐도 그건 범죄다.

"그게 법에 정해져 있다고?"

"정확하게는, 존재하는 법을 의사들과 일부 경찰들이 악용한 거지."

노형진은 씁쓸하게 말했다.

'이 지랄맞은 법은 미래에도 안 고쳐지지.'

술 먹고 길에서 자던 남자가 병원으로 가서 열흘 만에 심장마비로 죽는 사건이 있었다.

　　술이 깬 후 자신의 신상 정보를 다 말했음에도 불구하고 병원은 그를 풀어 주지 않았고, 결국 약을 먹지 못해서 지병이 발병해서 죽었던 것.

　　"그런 병원이 은근히 많아."

　　행려 환자가 있는 병원은 투자할 필요가 없다.

　　그냥 침대만 있으면 그만이다.

　　안전 때문에 텔레비전이나 냉장고도 들어가지 않는다.

　　"환자에게 들어가는 돈은 없는데 정부에서 돈은 계속 주지."

　　"정부는 그걸 안 막아?"

　　"안 막지."

　　사실 그걸 막기 위한 감시관을 배치하는 법이 만들어지기는 하지만……

　　'그놈도 뇌물 받아 처먹기는 마찬가지고.'

　　설사 감시관이 있다고 해도, 지적장애인들은 해당 사항이 없다. 그들은 제대로 된 대화가 불가능하니까.

　　"확실히 그건 가능하겠네요. 한 명당 적지 않은 돈이 들어오니까요."

　　고개를 끄덕거리는 무태식.

　　"하지만 그렇다고 납치를 한다고?"

　　"아까도 말했잖아. 시대가 바뀌었어."

행려 환자들의 숫자는 과거보다 확 줄었고, 경찰도 과거와
많이 달라졌다.

과거에는 돈은 많이 드는데 보험 적용이 안 되는 병이 많
아서 환자들이 죽을 각오로 집을 나오는 경우도 많았지만,
기술이 발전하면서 큰돈 들이지 않아도 살 수 있는 가능성이
훨씬 높아졌다.

거기에다가 과거에 경찰이 부패의 극한이었다면, 지금은
최소한 경찰 내부에서 조금씩 인권에 대해 알고 내부 고발하
는 사람들이 많아졌다.

"그러니 행려 환자를 구하는 것이 쉽지 않아졌지. 그러니
까 그런 행려 환자들로 먹고살던 병원들 입장에서는 날벼락
이 떨어진 거야. 거기엔 우리 영향도 있지만."

"우리 영향?"

"우리가 부자들과 선을 만든 방법이 뭔데?"

유산을 노리고 부모나 가족을 정신병원에 넣어 버리는 놈
들이 많았다.

"하지만 우리가 조사를 하고 다니면서 그런 사람들을 풀어
줬잖아."

"아, 그랬지."

새론은 그런 식으로 갇혀 버린 사람들을 도와줬다. 그리고
그렇게 구출된 이들은 현재 새론의 든든한 고정 고객이 되었다.

"무슨 뜻인지 알겠습니다. 그들이 주는 돈이 적지 않았을

테니까요."

부모나 가족을 돈 때문에 정신병자로 몰아서 정신병원에 넣었을 때, 의사가 정상 소견을 내고 풀어 주면 그들은 망하는 셈이다.

그걸 막는 방법은 단 하나.

"의사와 병원에 어마어마한 뇌물을 주는 것뿐이군요."

"맞습니다."

그들은 단순히 병원비만 내주는 게 아니라 그에 상응하는 대가를 의사와 병원에 지급했다.

어마어마한 뇌물과 비싼 병원비가 나간다 해도, 그 대가로 수십억에서 수백억 재산을 챙길 수 있는 사람들이다.

그러니 그들이 주는 돈도 적지 않았을 것이다.

하지만 노형진과 새론이 초기에 한 일이 그런 사람들을 꺼내는 것이었다. 그런 뇌물과 병원비 수입이 사라졌으니, 당연하게도 병원의 수입은 확 줄어들 수밖에 없다.

"그러면, 비슷한 방법을 쓰면 꺼낼 수 있지 않아요?"

"그건 불가능할 겁니다."

손채림의 질문에 무태식은 곤혹스러운 표정으로 말했다.

"어째서요?"

"장애인과 일반인은 다르니까요."

정신병원은 이러한 사건이 발생했을 때 기본적으로 협조의 의무가 없다. 그 말은, 그곳 환자의 기록을 보기 위해서는 영장이 필요하다는 뜻이다.

"문제는 이런 경우에 환자의 기록이 다 가짜로 올라간다는 거야."

환자의 나이, 이름, 주소지까지, 모조리 임시로 부여된다.

말 그대로 어디서 왔는지 알 수가 없는 행려 환자니까.

"그러니 피해자들은 그들을 찾을 수가 없는 거고."

그렇다고 피해자들이 병원에 들어가서 일일이 얼굴을 보고 찾는다? 그건 불가능하다.

"애초에 들여보내 주지도 않아. 그들은 영장을 요구하지."

"허."

"맞습니다. 이런 사건들은 대부분 이런 식이죠."

문제는 영장이라는 것은, 극도로 한정된 상황에 명확한 증거가 없으면 나오지 않는다는 거다.

"부자들의 경우는 좀 달라."

최소한 그들은 정상인이니 대화가 가능하다.

몰래 편지를 보내는 것도 가능하고, 돈을 미끼로 간호사 등 병원 근무자에게 연락을 해 달라고 하는 것도 가능하다.

"하지만 지적장애인들은 그게 불가능하지."

즉, 누군가 들어가기 전에는 못 꺼낸다.

문제는 들어갈 수가 없다는 것.

"그래서 받아들인 거군요."

"전국에 그런 식으로 잡혀 있는 피해자가 얼마나 될지 모를 일입니다."

송정한에게서 이 사건을 받을 때부터 노형진은 그 가능성을 생각하고 있었다.

아니, 그거 말고는 이유가 없어 보였다.

"거기에다 행려 환자 병원이 한두 곳도 아니고요."

노형진은 머리를 긁으며 말했다.

"일단 우리가 해야 하는 것은 병원을 구분하는 겁니다."

"어째서요?"

"모든 곳을 다 뒤질 필요는 없지 않습니까?"

사실 거리낄 것이 없다면 병원 측이 환자들을 공개하는 걸 거부할 이유가 없다.

"기본적으로 행려 환자들은 가족이 없습니다. 그런데 가족이 찾는다는 건, 어떻게 보면 환자를 퇴원시키거나 그 가족들이 병원비를 내주겠다는 뜻이거든요."

그러니 자기들에게 큰 잘못이 없다면 그들을 못 보여 줄 이유는 없다.

"그렇겠네. 환자들을 못 보여 주겠다고 버티는 자들은 결과적으로 뭔가 감춘다는 거네."

"그렇지."

노형진은 고개를 끄덕거렸다.

"그리고 영 이상한 곳에 대해서는 우리가 족치면, 누구든 나오지 않겠습니까?"

노형진의 말에 무태식도 고개를 끄덕거리면서 인정했다.

"바로 움직이지요."

"그럴 겁니다. 저들도 어쩔 수 없을 테니까요."

⚖️

"안 됩니다!"

노형진은 손채림과 함께 병원 몇 곳을 뒤졌다.

무태식은 서울 쪽을, 노형진과 손채림은 경기도 쪽을 담당하기로 했는데, 그중 한 곳이 생각보다 완강하게 저항했다.

"영장 가지고 오세요. 개인 정보 보호법에 따라 환자들의 개인 정보는 보호되어야 합니다."

"이건 딱히 범죄가 아니지 않습니까? 개인 정보를 요구하는 것도 아닙니다. 그냥 얼굴만 확인하겠다는 겁니다."

"아, 필요 없고. 영장 가지고 오세요, 영장."

손을 절레절레 흔드는 직원.

그는 자신의 말만 끝내고는 노형진과 손채림을 몰아냈다.

"은근 수상하네?"

다른 곳들은 이 정도는 아니었다.

물론 아무래도 프라이버시가 있기 때문에 쉽게 허락하진 않았다. 하지만 사진 촬영 없이 가족이 와서 본다거나 환자 인명부를 보는 정도 선에서 타협해 주기는 했다.

"어떻게 해서든 못 만나게 하려는 것 같아."

"그렇지?"

노형진은 병원을 살피면서 입맛을 다셨다.

딱 봐도 후줄근한 병원.

'나는 수상합니다.'라고 말하는 듯한 그런 곳.

"어떻게 생각해? 여기가 그런 곳일까?"

손채림은 걱정스럽게 물었다.

이런 시설에 얼마나 많은 사람들이 있는지 알 수가 없으니까.

"의심스럽기는 해. 저렇게 끝까지 못 보게 하는 걸 보니 말이야."

문제는 그렇다고 해서 자신들이 병원에 무단으로 들어가서 찾는 것은 불가능하다는 것이다.

"경찰을 불러도?"

"경찰을 불러도 마찬가지야."

영장을 신청한다고 해도 나올 가능성은 거의 없고 말이다.

"일단은 다른 곳을 찾아보자. 다른 곳도 있을 수 있으니까."

노형진의 말에 손채림은 고개를 끄덕거렸다.

"서울에 두 곳, 그리고 경기도에 네 곳이군요."

무태식은 자신이 알아본 곳을 정리해서 가지고 왔다.

이상하게 접근을 막는 곳은 총 여섯 곳.

"이곳이 다 그런 곳일까요?"

"그건 아닐 겁니다, 아무래도 정신병이라는 게 개개인의 프라이버시가 심각하게 침해되는 병이다 보니……."

진짜로 환자를 보호하기 위해 못 만나게 하는 곳이 있을 가능성도 충분히 존재한다.

"하지만 서울 구로에 있는 독수정신병원은 영 의심스럽던데요."

"그래요?"

"네. 시설이 무척이나 낙후되었더군요."

안 그래도 정신병원이 자리할 위치는 아니다.

게다가 최소한의 진료 준비는 해야 하는데 그런 것도 없이 건물도 후줄근하고, 집기들도 죄다 오래되었다.

"저희도 경기도에서 한 곳 찾았습니다. 무척이나 멀리 있더군요. 도선정신병원이라는 곳입니다."

"잠시만요."

손채림은 그 두 개의 정신병원을 찾아서 검색했다.

금방 이름이 나왔다.

"한쪽은 38년, 한쪽은 45년 되었네. 진짜 오래되기는 했네."

"흠."

노형진은 턱을 문질렀다.

그 정도로 오래된 병원이면 진짜 실력이 좋아서 손님들이 잘 찾아오는 곳이든가, 아니면 수익이 다른 곳에서 날 가능성이 높다.

"하지만 전자는 아니겠네요. 전자는 병원을 유지하려고 노력할 테니까요."

하지만 그 병원들의 내부 상태를 보면 유지는커녕 당장 망해도 이상하지 않은 수준이었다.

"결국 행려 환자를 이용해서 돈을 버는 병원이라는 소리네."

손채림은 안타깝다는 듯 말했다.

"일단 두 곳을 조사하는 게 맞는 것 같은데."

"하지만 무슨 수로? 저들이 조사하게 둘까? 애초에 조사 자체가 불가능하잖아."

몰래 들어가거나, 다른 환자 가족을 접촉하는 것도 불가능하다.

"방법이 없는 건 아닌데."

노형진은 눈을 찌푸렸다. 가능하기는 하겠지만 결코 좋은 방법은 아니니까.

"방법이 있다고요?"

"네."

"무슨 수로요?"

"죽은 자를 찾으면 됩니다."

"죽은 자요?"

모두 고개를 갸웃할 수밖에 없었다.

죽은 자는 말을 한다

　행려 환자는 제대로 케어를 받기 힘들다.

　공식적으로 행려 환자를 입원시키는 가장 큰 이유는 치료지만, 현실적으로는 그가 사회적인 문제를 일으키는 것을 차단하기 위함이다.

　"결국 제대로 케어도 받지 못하고 사망하는 경우가 많지. 소문으로는 정부에서 의료 차별을 하라는 오더를 내렸다는 이야기도 있고."

　그들이 오래 살아 있을수록 정부의 재정에도 타격이 가니 말이다. 그 때문에 매년 적지 않은 환자가 질병으로 사망한다.

　"병원 입장에서도 제대로 된 치료를 해 줄 수 없고."

　그들이 해 주는 건 정부에서 인정하는 최소한의 치료다.

가령 100만 원짜리 치료를 하면 살 수 있어도, 행려 환자들에게 그 치료를 해 주지는 않는다.

"애초에 돈을 뜯어내기 위해 끌고 간 행려 환자들이니까."

당연히 먹는 것도 부실하게 주고 말이다.

그리고 그건 필연적으로 죽음을 이끌어 낸다.

"그래서 행려 환자들의 상당수가 사망하지."

노형진은 차에서 내렸다.

그리고 고개를 돌려서 허름한 장례식장을 바라보았다.

"하지만 그들이라고 해서 장례를 치르지 않는 건 아니야. 최소한의 장례식비는 나오거든."

물론 사람들이 생각하는 그런 장례식은 아니다.

그저 영정 사진 하나에 촛대 두 개 그리고 향로 하나가 끝.

찾아오는 사람도 없고 향을 피워 주는 사람도 없는, 공허하고 외로운 마지막 길.

"그곳에 사진이 남아 있을 수 있어."

행려 환자들은 마지막을 준비하는 사람들이 아니다.

당연히 미리 준비한 영정 사진 같은 것은 없다.

그래서 사망하면 보통 다른 사진에 얼굴을 합성해서 영정 사진으로 올린다.

"그 사진으로 일단 추적을 할 수는 있어."

"이해는 가는데, 휴우……."

손채림은 한숨을 푹 쉬었다.

노형진이 방법을 이야기하면서도 안타까워한 이유.

"그 말은, 결국 죽었다는 거잖아."

"그래."

결국은 죽은 거다, 가족들이 애타게 찾는데도 불구하고.

"아니 도대체, 진짜 행려 환자들도 많잖아? 그런데 왜 그들은 두고 지적장애아들을 끌고 가는 건데?"

사실 요즘 사람들이 행려 환자들을 못 본다고 생각하지만, 생각보다 많이 볼 수 있다.

요즘은 그저 부르는 단어가 달라졌을 뿐이다.

'노숙자'로.

"노숙자들은 저항할 수 있어. 그러니 강제로 끌고 가는 것은 명백하게 문제가 되지. 나가서 고소를 할 수도 있고 말이야. 하지만 지적장애인들은 저항 자체가 불가능하잖아."

그러니 관리도 훨씬 편하다.

"미친놈들."

"아마 아무도 모르는 곳에서 벌어지는 범죄를 사람들이 다 알게 되면 결코 세상은 아직 깨끗하다고 말 못 할걸. 왜 변호사나 검사 중에 시니컬한 사람이 많은데?"

세상의 더러운 면을 계속 보게 되니까.

그러니 좋다고, 세상은 아름답다고 말할 수가 없는 것이다.

"일단 들어가자."

노형진은 장례식장의 사장과 접촉했다.

그러자 사장은 약간 곤란한 표정이 되었다.

"그런 공간이 있기는 한데……."

"있다고요?"

"네, 어차피 그분들은 뭐…… 아시죠, 아무도 안 오는 거?"

그래서 일반적인 장례식 공간을 쓰면 장례식장 측도 손해가 막심하다.

"장례식장이라는 곳이 음식을 팔아서 수익을 내는 곳이잖습니까?"

그런데 행려 환자들은 조문객이 없으니 음식이 안 팔려서 손해다. 거기에다 그곳에서 밤샘하는 사람도 없고 말이다.

"그래서 그런 분들을 위한 공간은 따로 있습니다."

"아……."

이곳은 상당히 오래된 장례식장.

그러니 그런 곳이 따로 있는 것이다.

"사실 창고를 개조한 공간이라 다른 곳과는 좀 떨어져 있습니다. 다른 장례식장에 있다고 해도, 거기도 마찬가지일 겁니다. 뭐…… 아시죠?"

고작 3평 남짓한 작은 장례 공간이 있으면 사람들이 불편해하거나 힐끗힐끗 볼 게 뻔하다. 일부는 기분 나빠 할 수도 있고.

"와, 죽는 순간까지 차별하는구나."

"그건…… 그렇습니다만."

입맛을 쩝쩝 다시는 사장.

"그걸 탓하려고 온 건 아닙니다. 사장님이 땅 파서 장사하는 거 아닌 이상, 그에 걸맞은 수익은 내셔야 하니까요. 그나마 그런 장례식장이라도 유지해 주시는 분들조차 거의 없지 않습니까? 제가 알기로는 그런 분들이 장례라도 치를 수 있게 그런 공간을 유지하는 곳은 이 지역에서 이곳 하나뿐인데요."

"이해해 주셔서 감사합니다."

"저희는 그저 사망하신 분들의 사진을 보고 싶은 것뿐입니다. 사진 있지요?"

"네."

당연히 영정 사진이 없으니 직접 만들어야 하니까.

"아마 컴퓨터에 있을 겁니다."

그는 노형진과 손채림을 데리고 사무실로 향했다.

그리고 어렵지 않게 폴더를 찾아냈다.

"용케 안 지우셨네요."

손채림은 신기하다는 듯 바라보았다.

어찌 되었건 죽은 사람들의 얼굴이 담겨 있는 것이다.

그런데 그 사진을 다 가지고 있다니.

"아, 옛날에 유가족이 와서 찾아본 일이 있었거든요."

"유가족요?"

"네, 그때 이후로, 혹시 몰라서 가지고 있습니다. 뭐, 장례식장을 운영하는 사람이 여기서 공포를 느낀다는 것도 좀 웃기고요."

과거에 장례를 치른 사람이, 얼마 후 집에 화재가 나서 사진이 모조리 불타 버렸다고 한다.

　돌아가신 어머니 사진까지 모조리 불타 버려서 허망하게 있던 와중에, 이곳에 사진을 맡겨서 영정 사진을 만든 것을 기억해 낸 것.

　"결국 유일하게 남은 어머니 사진이 되었다고 하더군요."

　"아아."

　그러고 나니 차마 섣불리 사진을 지우기 애매해졌다고 한다.

　"뭐, 사진이 큰 용량을 차지하는 것도 아니고요."

　그는 어깨를 으쓱했다.

　"이번 같은 일이 있을 수도 있는 거고요."

　다행히 이번에도 그렇게 그가 보관한 파일이 도움이 되었다.

　"잠시만 비교해도 될까요?"

　그곳에 있는 모든 사진을 가지고 갈 수는 없다.

　하지만 다행히 피해자들이 준 사진이 있었던지라 노형진은 그것과 그곳에 있는 사진들을 비교하기 시작했다.

　"잠깐!"

　같이 번갈아 보던 손채림이 그 안에서 뭔가를 찾아냈다.

　"이 아이 아니야? 맞네! 맞아, 이 아이."

　표정 없이 멍한 아이. 그 아이가 사진 속에 있었다.

　다른 점은, 여기에 있는 사진과는 달리 노형진이 가진 사진에서는 웃고 있었다는 것뿐.

"으음……."

노형진은 왠지 가슴이 아파 왔다.

여기에 있다는 것. 그건 죽었다는 뜻이니까.

"죽었군요."

노형진은 그 기록을 보고 입술을 깨물었다.

4년 전 사망했다.

실종 날짜는 16년 전.

"어떻게……."

지적장애가 있다는 것이 몸이 건강하지 않다는 뜻은 아니다. 도리어 증언에 따르면 정신적 장애 외에는 문제가 없었다고 한다.

"제대로 지원이 되었을 리가 없으니……."

정부에서 주는 돈은 절대 많지 않다.

그걸 아껴서 수익을 내기 위해서는, 먹고 자는 데에 들어가는 돈을 아끼는 수밖에 없다. 그리고 하지도 않은 치료에 대해 치료했다고 주장하고 말이다.

"정부에서도 돈 아끼겠다고 행려 환자에 대한 치료를 차별하라고 할 정도니까."

"인권 국가 맞습니까?"

무태식은 어이가 없어서 혀를 끌끌 찼다.

"인권이라는 게 그런 겁니다. 신경 쓰지 않으면 한없이 바닥으로 떨어지는 게 인권이죠."

"멍청한 놈들. 여기는 이 지경인데."

무태식은 얼마 전 새론에서 나가 버린 인권 변호사들을 생각하고 눈을 찌푸렸다.

지금 환자들의 인권이 이 정도로 바닥인데, 진짜 도움이 필요한 사람들에게는 신경 쓰지 않고 가해자들에게만 신경 쓰고 있다니.

"이쪽은 돈이 안 되니까요."

노형진은 안타깝게 말했다.

"여기 한 명 더 있네."

이런 대화가 오가는 와중에도 열심히 검색을 하던 손채림이 얼마 지나지 않아서 사람을 하나 더 찾았다.

"어?"

"왜?"

"아니, 사인이 이상해."

"사인?"

사인이라면 죽은 이유다. 그런데 이상하다니?

"뭔데?"

"사인이 임신중독으로 인한 급성 신장병이야."

"뭐?"

노형진은 모니터를 들여다보았다.

확실히 사인이 그렇게 기록되어 있었다.

장례를 치르기 위해서는 진단서를 제출해야 하기 때문이다.

"이상한데?"

사진에 있는 사람의 나이를 보면 분명 희생자가 맞다. 그들이 가진 기록에 따르면 희생자는 실종 당시의 나이가 23세니까.

"실종된 시기가 13년 전이야."

"떠돌다가 임신한 걸까?"

"그럴 수도 있겠지만, 그럴 가능성은 사실 낮다고 봐야지."

노형진은 진료 기록을 확인하려고 했다.

하지만 당연하게도 기록은 없었다.

"무슨 생각을 해?"

"왠지 바깥이 아닌 것 같아."

"뭐?"

"바깥이라고 하면 말이 안 돼."

바깥에서 떠돌다가 임신을 했다면 벌써 오래전에 죽었어야 한다.

벌써 13년 전의 실종자다. 하지만 사망한 건 1년 전이다.

그러니 최소한 12년은 보호되고 있었다는 소리다.

"일반적으로 임신부가 바닥에 쓰러져 있으면 구급차를 부르는 게 정상이고."

누가 봐도 정상이 아닌데 임신한 채 떠돌았으면 그 꼴이 말이 아닐 테니까.

"그러면?"

"어쩌면…… 병원 내부에서 임신했을 수도 있어."

손채림의 얼굴이 딱딱하게 굳었다.

그 말은 병원 내에서 강간이 벌어졌다는 소리이기 때문이다.

"설마 병원이 아무리 막장이라고 해도…….."

"그런 병원을 일반적인 병원과 비교하면 안 됩니다."

무태식은 안타깝다는 듯 말했다.

"기본적으로 정신병자들이 가는 곳이니까요."

정신병자 중에는 상당히 거칠고 위험한 이들도 많다.

당연히 그곳에서 일하는 사람들도 그에 대응하기 위해 거칠어질 수밖에 없다.

자칫 다른 환자를 위협하거나 자해를 할 수도 있으니까.

"일반 병원은 남자 간호사보다 여자 간호사가 많아. 하지만 정신병원은 그렇지 않아."

정신이 이상하고 위험한 환자를 관리하기 위해 남자 간호사들이 많다.

"하지만 간호사들이 강간을 한다고? 말도 안 돼!"

"실제로 그런 사건은 많습니다. 한국뿐만 아니라 미국 같은 선진국에서도."

무태식은 딱딱하게 굳은 얼굴로 말했다.

"기본적으로 신고할 사람이 없으니까요."

당사자는 지적장애를 가지고 있어서 성관계가 의미하는 게 뭔지, 강간이나 임신이 뭔지도 모른다.

보호자가 있는 것도 아니다. 거기에다 노숙자 출신이다.

그러니 어디서 임신해서 들어왔다고 하면 그만이다.

"당장 우리로서는 입원 기간을 확인할 수가 없으니까."

"가서 달라고 할 수는 없어?"

"그게 문제야."

기록 열람을 요청하기 위해서는 신분이 확실한 가족이어야 한다. 하지만 실종자로서 가족이라는 것을 증명할 수가 없으니, 기록을 볼 수가 없다.

"지금 우리가 보고 있는 건 병원 측 기록이 아니니까 가능한 거야. 즉, 이걸 가지고 가서 보여 달라고 해 봐야 법적으로 의미가 없다는 거지."

노형진은 사진을 보면서 눈을 찡그렸다.

"뭐 이런 더러운 경우가 다 있어?"

"법이란 게 그런 거야. 일장일단이 있지."

세상에 완벽한 법이 있다면 얼마나 좋겠는가?

하지만 좋은 의도로 법을 만들어도, 그 법을 악용하는 놈은 언제나 있기 마련이다.

"일단 매장한 경우라면 가능하겠지만."

노형진의 말에 무태식이 말을 이었다.

"도선정신병원은 가능할 것 같네요."

"문제는 도선정신병원은 장례조차도 안 치른다는 겁니다."

지금 노형진 일행이 여기에 온 이유는 독수정신병원 문제 때문이다.

"아니, 또 뭐가 문제인데?"

"서울에 있는 독수정신병원은 장례를 치르지 않을 수가 없어."

땅값이 더럽게 비싼 서울 한복판의 병원이다.

당연히 무연고자를 묻을 공간이 없다.

"그러니 그 병원에서 사망하면 화장해야 해. 화장을 할 때 장례식은 기본적인 절차고."

"아⋯⋯."

"맞습니다. 하지만 그곳과는 달리 도선정신병원은 장례를 치르지 않죠. 그들 재단은 제법 부자입니다."

그들은 병원 소유로 제법 큰 산이 있다. 그런 경우 사망자를 그 산에 대충 묻어 버리는 것이 보통이다.

무연고자라고 그냥 묻어 버리고, 그대로 잊어버리는 것이다.

"가장 확실한 건 유전자 검사야."

그러나 독수정신병원은 아예 시신을 화장하기 때문에 유전자가 남아 있을 리 없다는 것이, 도선정신병원은 시신이 남아 있기는 하지만 명백하게 사유지에 묻혀 있다는 것이 문제다.

그 많은 시신들 중에서 누가 누구인지 알 수도 없고, 그들에게 명백한 범죄 사실이 있는 아닌 이상 그곳에 있는 시신들을 발굴하고 조사할 수 있는 방법은 없다.

"아니, 법이 그런 식으로 되어 있다고?"

"그게 현실이야."

얼마 후면 입원 환자를 위한 제도가 시행된다.

강제 입원을 막기 위해 만들어진 제도다.

'하지만 이들은 그 대상이 아니지.'

대화조차도 불가능한 상황에서 무슨 도움을 요청하겠는가?

"이거 생각보다 문제가 심각하군요."

"그러게요."

"이런 건 영화에서나 나오는 일인 줄 알았는데."

노형진은 한숨을 푹 쉬었다.

"네가 말하는 그런 유의 영화 자체가 실화를 바탕으로 만들어진 거야. 인간이 수십 년 만에 정신적으로 수십 배 발달할 수 있을 리가 없잖아. 다만 법적으로 발각될 만한 기회가 주어지지 않을 뿐이야."

"끄응."

물론 일반인들은 훨씬 도덕심이 발전하기는 했다.

하지만 정신병원은 완전히 밀폐된 공간에 금전적 이익, 거기에다가 걸리지 않는 법적 상황까지, 인간이 타락하기에는 아주 좋은 구조로 되어 있다.

"감사를 한다고 해 봐야 그걸 입증할 방법은 없고."

물론 가끔 빠져나가는 경우가 아예 없는 건 아니다.

하지만 그런 경우 그 병원에 문제가 있었다는 것을 피해자들이 증명해야 한다.

"그런데 그게 증명되겠어?"

지적장애인이 뭐라고 할 수도 없고, 감금죄도 해당되지 않는다.

현행법에 따라 이루어진 일이니까.

"그냥 피해자들만 속 끓여야지."

"그러면 어쩌지? 상황을 보아하니 그곳에 피해자들이 더 있을 것 같은데."

"그건 그렇지."

장례식장에서 사진을 찾았다는 것은, 그 병원에 다른 실종자들이 있을 가능성이 크다는 뜻이다.

"현행법상 병원에 협조의 의무가 없다는 게 가장 큰 문제군요."

무태식의 말이 맞다.

실종자 조사에 협조해 줘야 하는 게 정상이다.

하지만 병원이 거부해도, 현행법상에 처벌할 방법이 없다.

"다른 방법이 없을까요?"

무태식의 말에 노형진은 턱을 문질렀다.

'사진을 찍어 오라고 할까? 아니야. 그런 양심적인 사람이 있다고 보기 힘들어. 설사 있다고 해도, 그런 사람들이 활동할 수 있는 구조가 아닐 거야.'

간호사 중 양심적인 사람이 있다고 해도 근무하는 병동이 다를 확률이 높다.

그리고 노형진이 그런 일을 저지르는 의사나 책임자라면, 절대 자기 치부에 양심적인 직원을 배치하지는 않을 것이다.

'내부 고발자가 살아남을 수 있는 구조도 아닐 테고.'

노형진은 턱을 문지르다가 문득 좋은 생각을 해냈다.

"돌려 까죠."

"돌려 까요?"

"우리나라 정부의 가장 큰 특징이 뭔지 아십니까?"

"뭔데요?"

"바로 뒷북입니다."

일이 터지기 전에는 신경도 쓰지 않다가, 일이 터지면 그
제야 소 잃고 외양간 고치듯이 전수조사를 한다고 기존 기록
을 검사한다며 난리 법석을 친다.

"그러니까 일단 이런 병원들을 묻어 버리는 겁니다. 그 후
에 전수조사를 유도하는 거죠."

"전수조사라…… . 하긴, 그러네."

손채림은 노형진의 말에 고개를 끄덕거렸다.

그동안 노형진과 함께 일하면서 느낀 것이, 사회적으로 이슈
가 되면 정부 측에서는 전수조사 운운하며 나선다는 것이다.

"하지만 방법이 있나요?"

무태식은 고개를 갸웃했다.

"전수조사라는 것은 결과적으로 피해자들이 많아야 합니
다. 하지만 국민들은 행려 환자에 대해서 그다지 우호적이지
않아요."

사람들이 생각하는 행려 환자란 결국 노숙자다.

술 마시고 취해서 주변에 피해를 주는 그런 사람들.

"하지만 이번 피해자들은 좀 다르잖아요. 장애인들인데, 여론도 좀 다르지 않을까?"

손채림은 고개를 갸웃하며 물었다.

일반 노숙자는 스스로 자신을 보호할 수 있는 능력이 있다.

인권을 주장할 수 있고, 신고를 할 수 있다.

"그게 문제입니다. 장애인들도 사람들 기준에서는 마찬가지거든요. 한 지역에 장애인 복지관이 생긴다고 하니까 주변에서 땅값 떨어진다고 난리 치는 거 보면 모릅니까?"

"쩝."

손채림은 입맛을 다셨다.

틀린 말이 아니니까.

본인에게 가해지는 자그마한 손해에도 광분하는 것이 인간이다.

사실 장애인 복지 시설이 생기면 땅값이 떨어지기는커녕 오히려 오른다.

한국은 장애인 복지시설이 부족하다.

그래서 돈을 많이 주더라도 장애인들의 가족들이 복지시설 주변으로 오려고 한다.

그럼에도 불구하고 땅값이 떨어진다고 주장하며 반대하는 것은, 진짜 돈 때문이 아니라 그냥 자기 마음이 불편하기 때문이다.

"문제는 독수정신병원이야."

"어째서?"

"도선정신병원은 방법이 있거든."

"있다고요?"

무태식은 깜짝 놀랐다. 방법이 있다니?

도선정신병원은 독수정신병원과 다르게 장례조차도 치르지 않는다. 그런데 무슨 수로 시신을 검사한단 말인가?

"사진이 아니라 뼈라면 이야기가 달라지지."

"사진이 아니라 뼈?"

"그래."

"하지만 그게 무슨 의미가 있는데요?"

"누군가가 잠깐 죄를 뒤집어쓰고 감옥에 가는 겁니다."

"네?"

"그게 무슨 소리야?"

영문을 모르는 두 사람에게 노형진은 느긋하게 말을 꺼냈다.

"가령 제가 살인죄로 자수하면 어떨까요?"

"너, 사람 죽였어?"

"아니, 안 죽였지."

"그런데 왜 자수를 해?"

"그 부분은 빼고 생각해 봐. 자, 자수하면 어떻게 하겠어?"

"당연히 그 건에 대해 조사를 하고…… 아하!"

손채림은 손바닥을 딱 소리 나게 쳤다.

"자수는 처벌 조항이 없구나!"

"정답이야."

가짜 죄로 자수해서 그 죄를 떠들면 무슨 죄에 해당될까?

아무리 확대해석을 해도, 기껏해야 공무집행방해죄 정도일 것이다.

허위 사실로 경찰들의 업무를 방해한 수준이니까.

"그렇군요. 범법자들이 법을 지키지 않을 테니까."

범법자들이 사유지라고 해서 과연 안 들어갈까?

아니, 들어갈 것이다.

도리어 그걸 이용하려고 할 것이다.

"누군가 거기에다가 시신을 묻었다고 하면 어떻게 될까요?"

"경찰은 조사를 하는 수밖에 없지요."

무태식은 반색했다.

설마 자수라는 황당한 전략을 쓸 수 있을 줄은 몰랐다.

"사유지에 무차별적으로 묻었으니 신분증 따위는 없을 겁니다. 그들이 묻으면서 신분을 구분하지도 않았을 테고."

제대로 된 장례를 치르고 묘비라도 하나 해 줬다면 모르지만, 그런 곳이 그런 식으로 제대로 장례식을 치러 줬을 가능성은 없다고 봐야 한다.

실제로 대부분의 무연고 묘지의 말뚝에는 언제 사망했다고 적혀 있다.

그게 끝이고, 제대로 된 묘비나 봉분 같은 것은 없다.

"시신이 아니라 뼈니까 유전자 검사를 할 수밖에 없겠군요."

"맞습니다."

그 시신이 살해된 사람의 시신인지 아니면 병원에서 무단으로 묻은 시신인지 알 수가 없다.

당연히 의심스러운 사람들을 대상으로 유전자 검사를 할 수밖에 없다.

"그리고 그 당사자는 나중에 진실을 밝히는 거죠."

처음에는 아이가 실종된 부모들의 이야기로 시작될 것이다.

하지만 경찰에서 조사하지 않아서 어쩔 수 없이 허위로 자수한 거라고 한다면?

"여론이 뒤집어지겠네."

국민들은 경찰을 신뢰하지 않는다.

한데 갑자기 거기서 시신이 수십 구가 나온 데다 경찰이 제대로 조사도 안 했다는 것이 알려진다면 과연 여론이 어떻게 될까?

"아마 환자들에 대한 전수조사가 시작될 겁니다."

최소한 도선정신병원은 환자와 관련하여 모조리 조사받게 될 테니, 그 안에 있는 실종자들이 나올 수밖에 없을 것이다.

"그리고 독수에 대한 정보를 흘린다면, 정부 입장에서는 전수조사를 안 할 수가 없겠지요."

동시에 두 곳이, 그것도 정부의 지원을 받는 곳들이 장애인의 불법 감금과 관련이 있다는 사실이 밝혀진다면 정부로서는 전수조사 말고는 대책이 없다.

안 그래도 매년 많은 실종자들이 나오는데 그들 중 얼마나 정신병원에 있는지 알 수가 없으니까.

"좋은 생각이네요."

무태식은 고개를 끄덕거렸다.

하지만 손채림은 고개를 갸웃했다.

"그러면 누가 자수해? 갑자기 전혀 엉뚱한 사람이 자수할 수는 없잖아. 그곳이 어떤 곳인지 아는 사람이 있어야 자수를 하지. 난데없이 내가 사람을 죽여서 묻었다고 하면 누가 믿어? 신빙성이 있어야지."

"그곳에서 일하다가 잘린 사람이 있을 거야."

"일하다가 잘린 사람?"

"그래."

그곳에서 무슨 짓을 했든 잘린 사람이 하나둘 정도는 있을 거다.

"그런데 억울하게 잘린 거라면 복수를 하고 싶겠지. 거기에다가 돈도 벌 수 있을 테고."

"으음⋯⋯."

"그런 곳에서 일하는 사람들이 착한 사람만 있는 건 아닐 테니까."

그가 착한 사람인지 아닌지는 상관없다. 그저 그가 그곳에 시신을 묻는 걸 알고 있었다는 식의 주장만 펼 수 있으면 된다.

"그런 사람을 찾는 건 어렵지 않겠지?"

손채림은 웃으면서 엄지를 척 세웠다.

⚖️

"제가 자수를 하라고요?"

"네. 뭐, 잠깐입니다. 적당히 언론을 뒤흔들고 경찰이 움직일 수 있게 되면 사실을 공표할 겁니다."

소준은 떨떠름한 표정이 되었다.

그는 원래 도선에서 일하던 근무자였다.

남자 간호조무사로 일하다가 잘렸다.

"아니, 아무리 그래도 그건 좀 그런데요."

"어차피 다시 의료계로 돌아갈 수 있는 것은 아니지 않습니까?"

"그건 그런데······."

소준은 간호사가 아니라 간호조무사다. 간호사가 되기 위해서는 4년제 간호대학을 나와야 하지만 그는 간호대학이 아니라 간호 학원을 나온 사람이었다.

"거기 더러워서 안 가겠다면서요."

"아, 씨발······ 말도 마요. 난 여자가 많으니까 완전 좋을 줄 알았지."

그는 그다지 공부를 잘하는 타입도, 노력하는 타입도 아니다.

간호조무사가 된 것도, 간호사나 간호조무사 중에 여자가 많으니 누구 하나 꼬실 수 있을 거라 생각해서였다.

'좀 불성실하기는 하지만…….'

그건 상관없다.

어차피 필요한 것은 명분뿐.

"여초 직장이 그렇게 힘들 줄은 몰랐죠. 차라리 군대가 나아요, 군대가."

여자가 많으면 왕자님 취급받을 줄 알았던 소준이다.

하지만 여초 직장에서는 왕자님이 아닌 노예가 된다는 걸 그는 뼈저리게 느꼈다.

"얼굴이 다르니까요."

잘생겼으면 여초가 아니라 남초라도 왕자님, 못생겼으면 섬에 남자라고는 자기 혼자 남아도 노예가 된다.

"그때 왜 그만두신 건가요?"

아무리 상관없다고 해도 노형진은 혹시나 해서 물었다. 진짜로 나쁜 놈이면 저쪽에서 반박할 수 있는 이유를 제공할 수 있으니까.

그런데 다행히 그런 건 아니었다.

"한 달 동안 혼자서 야근을 열흘 넘게 했거든요. 그런데 또 야근하라는 거예요. 그것도 그 전날 야근했는데 말이죠."

30일 중 10일을 야근해서 지칠 대로 지친 상황에, 선배 간호사라는 작자가 다짜고짜 자기를 야근에 밀어 넣었단다.

안 그래도 병원이라는 조직은 여초 직장이라 남자가 부족하다.

행동이 거칠어서 관리할 때 완력이 필요한 정신병자들이 야간에 발작하는 경우가 많다 보니 남자들의 야근 빈도수가 높은데, 그 선배라는 사람이 여친과 데이트하러 가야 한다고 하루만 바꿔 달라고 했다는 것.

"말이 됩니까? 아니, 차라리 진짜 바꿔 준 거라면 이해를 해요."

하지만 다음번에 대신 야근해 준 사람은 아무도 없었다.

"그래서 따졌더니 절 개무시하더라고요. 고작 간호조무사 따위가 간호사한테 대든다면서요. 그 선배라는 작자가 정식 간호사였거든요."

"오호? 그래서요?"

"그래서 대판 싸웠죠. 그 사람이 4년제 나온 간호사인 건 저도 알지만, 그렇다고 제가 그 사람 노예인 건 아니지 않습니까? 저보고 야근 수당 받을 수 있게 도와주면 감지덕지할 것이지 선배한테 덤빈다고 완전히 개놈 만들더라고요."

어깨를 으쓱하면서 말하는 소준을 보면서 노형진은 혀를 끌끌 찼다.

'그래도 다행히 나쁜 짓을 해서 잘린 건 아니군.'

그런 건 회사에서 흔하게 있는 싸움이다.

그러니 저들이 그걸 핑계 삼아서 방어하기에는 한계가 있다.

"그리고 잘린 겁니까?"

"뭐. 해직당한 거나 마찬가지죠."

그가 그만두려고 한 건 아니었다.

하지만 야근을 거부하고 나서는 거의 왕따 취급을 당해서 어쩔 수 없이 그만뒀다는 것.

"한두 명도 아니고 간호사들이 모조리 절 무시하는데 어떻게 합니까? 간호사들뿐만 아니라 간호조무사들한테도 지랄했다고 하더라고요. 나 사람 취급하지 말라고."

"그렇군요."

"그런데 그게 문제가 안 될까요?"

"문제는 안 될 겁니다."

사실 이 경우에는 잘못한 건 저쪽이지 이쪽이 아니다.

물론 소준이 한량 기질이 있는 건 분명하지만, 기질이 한량이라는 것이 반드시 사람이 나쁘다는 뜻이 되진 않는다.

최소한 그는 자기 일은 제대로 하는 사람이었으니까.

"허위로 자수해 주시면 제가 다른 곳에 소개해 드리지요."

"다른 곳요?"

"네. 대룡에 이야기하면 대룡병원에 한자리 만들어 줄 겁니다."

"대룡병원!"

소준은 눈을 데굴데굴 굴렸다.

종합병원답게 그곳은 복지도 좋고 월급도 많다.

물론 그만큼 일도 많지만, 그래도 정신병원처럼 지랄하는 인간은 없다.

미친놈들에게 하루에 한 번씩 쥐어뜯기지도 않을 테고.

"나중에 적당히 영웅으로 포장하면 뒷말도 안 나올 테고요."

"으음……."

"거기에다, 저희가 약속한 돈이 있지 않습니까?"

"으음……."

잠깐 여론을 일으켜 주는 대가로 그에게 주기로 한 돈은 3천만 원.

절대 적은 돈이 아니다.

그가 못해도 2년은 빡세게 일해야 벌 수 있는 돈이다.

그것도 돈을 최소한으로 썼을 때의 이야기다.

"한 보름 정도만 욕먹으면 됩니다."

"보름이라……."

"얼굴이 팔릴 일도 없습니다. 나중에 진실을 밝힐 때만 얼굴을 드러내면 됩니다."

"그 보름이 힘들겠네요."

"그럴 겁니다."

그 보름 사이에 그는 아마 평생 먹을 욕을 다 먹게 될 것이다. 하지만 다행히도 그는 보름 정도는 버틸 수 있는 사람이었다.

"그러면 대신, 인터넷이 되는 최고급 호텔에서 컴퓨터랑 게임기를 두는 조건으로 하죠."

인터넷에서 자기 욕 하는 걸 볼 필요가 뭐가 있겠는가?

그냥 게임이나 하면서 2주 동안 편하게 숙박하면 되는 거지.

"구속영장이 나올지도 모릅니다만."

"구속되면 하루에 50만 원씩 더 주세요."

그는 눈을 반짝거리면서 말했다.

노형진은 고개를 끄덕거렸다.

"그러지요. 하지만 걱정하지 마세요. 구속영장이 나와도 저희가 구속적부심사를 청구하겠습니다."

노형진은 씩 웃으며 말했다.

⚖️

얼마 후 소준은 노형진의 부탁대로 자수했다.

하나 그렇다고 경찰에 찾아가서 자수한 건 아니었다.

살인 사건인 만큼 자수하는 순간 바로 구속될 테니까.

그리고 애초에 자수의 목적이 이슈를 만들어 내는 것인 만큼, 경찰만 알게 슬쩍 자수해 봐야 거기서 끝나거나 단신 정도로 나갈 게 뻔했다.

"제가 여섯 명을 죽여서 그곳에 묻었습니다."

모자와 마스크를 쓰고 거기에다 선글라스까지 쓴 남자, 소준의 기자회견은 기자들에게 충격을 주었다.

"그게 무슨 말씀이시죠?"

"제가 여섯 명을 죽여서. 도선정신병원 소유의 땅에 묻었습니다."

기자들은 눈에 불을 켜고 다급하게 타이핑하여 전송했다.

살인자의 기자회견.

이 얼마나 자극적인 소재인가?

거기에다 헛소리도 아니다.

옆에 무태식이라는 진짜 변호사가 붙어 있다.

"여섯 명이나 죽였다고요?"

"그렇습니다. 제가 그 병원에 다닐 때, 그곳에 무연고 시신들을 묻은 적이 있습니다. 그래서 그곳에다가 묻으면 시신이 발견되지 않을 것 같았습니다."

기자들은 그 말을 다급하게 받아 적었다.

"어째서 그런 거죠?"

"저는 시키는 대로 한 것뿐입니다."

"시키는 대로?"

"네, 선배가 시키는 대로 한 것뿐입니다."

"그 말은, 다른 가해자가 있다는 말입니까?"

"그건…… 경찰에 말씀드리겠습니다."

소준은 노형진과 이야기한 대로 사건을 그럴듯하게 만들었다. 사실 변호사에게 사건 하나 허위로 만드는 것은 일도 아니다.

거기에다 몇몇 피해자들이 존재하니까.

"그 말이 사실인가요, 변호사님?"

"에…… 저희가 확인한 바로는 동일한 피해자가 실종 상태인 것으로 확인되기는 합니다."

피해자란 다름 아닌 실종된 장애아들이다.

물론 부모님들과는 이야기가 다 끝났다.

이야기도 안 하고 기자회견을 하면 숨넘어갈 테니까.

그들은 이번 일이 필요하다는 걸 인정하고, 잠깐이나마 피해자인 척 위장해 주기로 했다.

"그러면 그곳에 다른 시신이 많다는 겁니까?"

"네, 제가 본 것만 수십 구가 넘을 겁니다. 그래서 그곳을 유기 장소로 선택한 것입니다."

"그건 공범이 알려 준 건가요?"

"그…….."

그럴듯하게 이어지던 기자회견에서 이야기가 점점 날카로워지자 무태식은 잽싸게 말을 끊었다.

"기자회견은 여기까지 하겠습니다."

"잠깐만요!"

"저희는 의뢰인을 보호해야 합니다. 자세한 결과는 경찰의 발표를 기다려 주시기 바랍니다."

무태식은 잽싸게 소준을 데리고 기자회견장에서 나왔다.

기자들은 자신들이 들은 믿을 수 없는 사건을 다급하게 속보로 날리기 시작했다.

"벌써 인터넷에 떴네."

손채림은 뒤에서 뉴스를 보며 혀를 끌끌 찼다.

'살인자의 인터뷰'라는 자극적인 제목으로 사방팔방 퍼지고 있는 뉴스에는 댓글이 무서울 정도로 빠르게 달리고 있었다.

—미친 거 아냐? 살인자도 인터뷰하나?

—살인자가 인터뷰할 때까지 짭새들도 몰랐다는 거 아냐?

—헐, 주범은 따로 있는 듯.

—이런 거 미드에서 봤어. 공범이 주범 무서워서 자수하는 그런 거 아냐?

시끌시끌한 인터넷.

노형진은 그걸 보면서 미소를 지었다.

예상대로 여론이 벌써부터 들고일어나는 것이 보였다.

아마 도선 측에서는 어떻게 해서든 상황을 막으려고 하겠지만, 일이 이쯤 되면 막을 수 있는 방법은 없다.

"그런데 공범은 뭐야? 공범 같은 건 계획에 없었잖아. 검사만 하면 되는 건데 무슨 공범이야?"

"아, 그거? 그건 소준 씨의 소심한 복수야."

"소심한 복수?"

"그래. 뉘앙스를 보면, 선배라고 할 만한 사람이 누가 있겠어?"

"아하!"

인터뷰의 뉘앙스만 보면 소준의 선배라고 할 수 있는 사람은 그 병원의 선배들뿐이다.

당연히 조사가 시작되면 그 선배들에 대한 대대적인 조사가 시작될 것이다.

경찰은 누군지 모를 테니까.

"누구인지 정확하게 언급하지 않으면 무고죄는 성립하지 않거든."

"소심한 복수이기는 하네. 하지만 보통 그런 건 네가 잘 허락하지 않잖아?"

"뭐, 처음에는 안 하려고 했는데, 생각해 보니까 조사할 가치는 있더라고."

"어째서?"

"선배라는 작자들은 오래 일한 사람들이잖아. 그런데 병원에서 벌어지는 인권침해 사실을 몰랐을까?"

손채림은 고개를 끄덕거릴 수밖에 없었다.

자신이 근무하는 병원에 실종자가 있다는 건 모를 수가 없다.

"애초에 행려 환자는 실종자니까."

그런데 그걸 알면서도 그들은 철저하게 진실을 감추고 범죄를 은폐했다.

"그들을 털다 보면 뭐 다른 게 나올지도 모르지. 그 장례식장의 사건처럼 말이야."

그 말을 하면서도 노형진은 기분이 좋지 않았다.

그런 병원에, 누군가 강간범도 있다는 소리니까.

"일단 쥐고 흔들어 보자고. 그들이 뭐라고 하는지 봐야 하니까 말이야."

⚖️

경찰은 일단 소준에 대한 구속영장을 신청했다.

하지만 노형진은 정식으로 구속적부심사를 신청해서 그가 구속되는 것을 막았다.

정해진 장소에서 대기하면서 기다리고 있는 자수자를 구속할 이유는 없다고 말이다.

그러나 예정대로 진행되고 있는 이쪽과 달리 도선정신병원은 몰려든 기자들과 경찰로 인해 난리가 난 상황이었다.

"현재 도선정신병원의 사유지에서 총 40여 구의 시신이 발견되었다고 합니다. 경찰은 그 시신들에 대해 유전자 검사를 할 예정이며 그 결과가 나오는 대로……"

기자들이 그곳에서 취재할 때, 그 병원의 관계자들은 죽을 맛이었다.

"이게 어떻게 된 겁니까? 살인이라니! 소준 그 녀석이 살인까지 할 만한 놈이었어요?"

"아니, 그럴 녀석은 아니었습니다만……"

"그러면 왜 그런 소리를 하느냐고요!"

원장은 미치고 팔짝 뛸 것 같았다.

시신을 묻어 버리는 거야 흔하게 있는 일이다.

그런데 갑자기 경찰에서 시신을 조사하겠다고 나오니 막을 수 있는 방법이 없었다.

"변호사는 뭐랍니까? 사유지인데도 못 막는대요?"

"살인으로 인해 현장에 있는 시신에 대한 유전자 검사 명령이 떨어졌다고, 막을 수가 없답니다."

"미치겠네."

원장은 입술이 바짝바짝 말랐다.

"이번 일, 새론의 짓이라고 생각합니다. 아마도 소준이 녀석은 그 목적을 위해 거짓말을 하지 않았나 하고……."

"그러니까 그걸 어떻게 증명할 건데요? 지금 조사를 막을 수 있는 방법이 있습니까?"

"그건……."

경찰에서만 아는 것도 아니고 전 국민이 다 아는 사건이다.

조사를 막을 수 있는 방법이 있을 리 없다.

"변호사를 추가로 사서 일단 최대한 방어를 하세요! 우리는 살인 사건에 대해 전혀 아는 바가 없다고!"

"하지만 그 선배라는 작자가 우리 병원 간호사라는 의심을 받고 있어서……."

"그거랑 살인이랑은 상관없잖아요! 우리가 무슨 죄를 저지른 것도 아니고!"

그는 당당하게 말했다.

사실 그는 진짜로 당당했다.

자기 딴에는 말이다.

물론 조사를 도와주지는 않았지만, 법에 의하면 도와줄 의무 따위는 없다.

그러니 자기는 법대로 했다고 생각했다.

물론 그건 그의 생각일 뿐이었다.

끼이익, 문이 열리면서 피곤한 표정으로 들어오는 담당 변호사.

"오, 뭐랍니까? 그놈이 거짓말한 거 인정했습니까?"

"그게……."

담당 변호사는 한숨을 푹 쉬었다.

"간호사 한 명이 자기 죄를 불었답니다."

경찰서에 갔다 오자마자 하는 소리가, 간호사가 자기 죄를 불었다고?

회의실에는 일순 살벌할 정도로 침묵이 돌았다.

다음 순간, 원장이 벌떡 일어나며 비명처럼 외쳤다.

"그게 무슨 말입니까! 죄라니요! 우리는 무슨 문제가 있었다는 것도 몰랐는데!"

"그게……."

한숨을 푹 쉬면서 변호사는 침음성을 삼켰다.

"열 받아서 환자를 때렸는데 죽었다고……."

"뭐요!"

"그게 무슨 말입니까!"

사람들의 소리 없는 비명.

그리고 휘청거리는 원장.

살인이라니!

진짜로 살인이라니!

"행려 환자는 기본적으로 부검을 하지 않으니까요."

장애를 가진 사람이 자신을 물어서 홧김에 주먹을 휘둘렀는데, 그걸 맞고 쓰러졌다는 것.

확인해 보니 숨을 안 쉬어서, 그는 다급하게 침대에 환자를 누여 놓고 다음 날 모른 척 교대했다는 것이다.

그리고 다음 근무자들은 흔하게 있는 지병으로 인한 사망으로 보고 바로 처리해 버린 것.

"아마 상황을 보면 뇌출혈 쪽이 아닐까……."

뇌출혈이라면 외부에서 보면 멀쩡하기 때문에 지병으로 인한 사망으로 오해할 수도 있었다.

거기에다 사망자 자체가 지병이 있는 사람이었고.

"그, 그……."

원장은 손이 덜덜 떨렸다.

"경찰은 전 직원에 대한 조사를 다시 한다는 입장입니다. 거짓말을 한 사람이 또 있을 수 있으니까요."

"또 있을 수 있다……?"

"사망자 시신 중 일부에 대한 검사 결과가 나왔는데, 실종자 중 한 명이었거든요."

"네?"

"실종자 중 한 명의 가족과 유전자가 일치했습니다. 그 살인했다고 자수한 소준의 말과 일치했습니다. 아마…… 거기서 발견된 모든 사람들에 대한 유전자 검사가 이루어질 겁니다."

그 말은, 자신들이 강제로 잡아 두고 있던 환자들의 신분이 드러난다는 뜻이다.

원장은 뒷목을 잡고 쓰러졌다.

"원장님!"

"의사 불러! 의사!"

"우리가 의사야!"

"우리는 정신과잖아! 내과 부르라고!"

회의실은 난장판이 되어 버렸다.

⚖

세 번째 일치자가 나왔을 때, 노형진은 더 이상 거짓말을 할 이유가 없었다.

"이제 모조리 유전자 검사를 시행해야지."

"적지 않게 나오겠지?"

"그럴 거야. 이참에 유전자 등록 홍보도 좀 하고."

사람들은 잘 모르는 법적인 혜택 중 하나가 바로 실종자의 유전자 등록이다.

실종자가 있는 집에서 가족들의 유전자 정보를 등록해 두면, 실종자가 발견되었을 때 등록된 정보와 비교해서 알려주는 제도가 있다.

다만 경찰이 그걸 제대로 알려 주지 않아서 문제일 뿐.

"유전자 등록을 하고 가족들을 찾기 시작하면, 저 안에서 적지 않게 실종자들이 나올 거야."

물론 진짜 정신이상자들이 없는 건 아니다.

하지만 그들은 전문가들이 알아서 할 문제지, 자신들의 책임이 아니다.

"일단 발동이 걸렸으니 경찰은 사건의 수사를 멈출 수 없어."

진짜 실종자의 시신이 나왔고, 사고였다지만 병원 내에서 살인이 이루어졌으며 또 은폐되었다.

그리고 현재 있는 환자들 중에도 실종자가 확인되었다.

이런 상황에서 경찰이 손을 털 수는 없다.

"더 이상 시간 끌지 말고 이번에는 독수정신병원을 털어내자고."

"문제는 그겁니다. 독수정신병원은 서울에 있어서 시신을 화장합니다."

즉, 이곳처럼 유전자 검사를 할 대상이 없다는 것이다.

"사진이 있기는 하지만 그 사진은 일부이니, 그들을 핑계 삼아서 조사하기에는 한계가 있습니다."

무태식은 걱정스럽게 말했다.

"상황이 상황이니 정부에 조금 압력을 가하면 안 될까요?"

"그건 무리일 겁니다. 한 병원에서 벌어진 일로 다른 병원까지 전수조사 하는 경우는 없으니까요."

사실 문제는 한두 곳에서 터지지 않는다.

그런데 그 문제가 비슷하게 일어난다는 증거가 없는 이상, 전수조사는 정부 입장에서도 상당히 벅찬 일이다.

"내 생각도 같아. 아마 경찰이나 검찰은 이번 사건을 병원 하나의 부패 정도로 몰아갈 거야. 사실 사건은 기본적으로 개별적으로 보기 때문에 법적으로 그게 맞고."

"끄응……."

"전수조사를 하려면 말 그대로 사회 전반에 특정 문제가 퍼져 있어서 다 털어 내야 한다는 것을 증명해야 하는데, 한 곳의 부패로는 그게 힘들지. 더군다나 도선이 당했으니 독수 정신병원도 심상찮다는 생각을 할 거야. 아마 관련 증거들을 소각하거나 조작하는 데 혈안이 되어 있을걸."

물론 개별적인 병원이기는 하다.

하지만 그들이, 자신들과 비슷한 도선이 당하는데 불안감을 느끼지 않을 리 없다.

"와, 지랄맞네. 그러면 지금 가도 증거는 이미 없다는 소리 아냐?"

"증거는 없겠지."

"증인을 못 쓰나?"

"힘들걸."

기본적으로 정신병원에 입원했던 환자의 증언을 믿기는 힘들다.

설사 그게 사실이라고 할지라도, 그들의 힘이면 충분히 그 말이 정신병으로 인한 주장이라고 몰아갈 수 있다.

뇌물이든 청탁이든 말이다.

"그러니 다른 쪽으로 털어 가자고."

"다른 쪽?"

"그래. 인권 단체들 말이야. 지금 이슈가 된 게 환자 인권이잖아."

"아하!"

한창 환자 인권에 대해 말이 많아지는 시점이다.

관심을 끌려고 하는 인권 단체들에 있어서는 최고의 떡밥.

"그들이 시위를 하기 시작하면 정부도 움직일 수밖에 없을 거야."

노형진은 그렇게 생각했다.

하지만 그 생각이 틀렸다는 걸 알기까지는 그리 오래 걸리지 않았다.

이것이법이다

수요자가 있으면 공급자도 있는 법

　"도움을 거절했어?"

　손채림이 인권 단체에서 가지고 온 결과는 노형진의 예상과는 좀 달랐다.

　"그래, 알아서 하래."

　"아니, 어째서?"

　"공식적으로는 오래된 사건이라서 자기들이 할 게 없다고 하는데, 아무래도 지난번 사건 때문에 그런 것 같아."

　"허어?"

　오래된 사건이라면 과거의 의문사는 다 추적하지 말아야 한다.

　그런데 오래된 사건이라고 자기들은 할 일이 없다니?

"인권 변호사들을 내쫓은 거 때문에 그러는 거야?"

"그거 말고 인권 단체가 우리랑 척질 일이 뭐가 있겠어?"

"어이가 없네."

얼마 전 새론은 인권 변호사 중에서 정치적 목적을 가지고 활동하던 사람들을 쫓아냈다.

인권은 그 자체로 중요한 거지 정치적 입장이 들어가면 안 된다.

하지만 그들은 피해자의 인권보다는 가해자의 인권을 우선하고 그걸 정치적 올바름으로 포장하면서 인권과는 정반대되는 행동을 했다.

"그러니까 그 당시에 쫓겨난 놈들에 대한 복수로 인권 사건을 무시하겠다는 거야?"

"단순히 쫓겨난 게 아니잖아."

그 당시 인권 단체 소속의 몇몇 인권 운동가들이 범인은닉으로 처벌을 받아야 했다.

그리고 그렇게 유도한 것이 다름 아닌 노형진이었다.

"우리랑 같이 일 못 하겠다던데. 언제 뒤통수칠 줄 아느냐고 비꼬더라."

"미친놈들. 우리가 언제 뒤통수를 쳤다고."

자신들은 그들의 뒤통수를 친 적이 없다.

그저 법적으로 문제가 있는 사람들을 고발한 것뿐이다.

"같은 편이니까 범죄도 감춰 줘야 한다는 거야, 뭐야."

"어이가 없군."

물론 어느 정도라면 노형진도 모른 척했을 것이다.

피해자가 없는 범죄 같은 식으로 크게 문제가 되지 않는 정도라면.

하지만 엄연히 피해자가 존재하고 심지어 생명의 위협을 받고 있는데 방치한다는 것은, 상식적으로 말이 안 되는 행동이다.

"어쩌지?"

"어쩔 수 없지. 인권 단체를 빼고 움직이는 수밖에."

그렇게 말하기는 했지만 노형진도 딱히 해결책이 보이지 않았다.

인권 단체가 시위를 하면서 압박하는 것이 첫 번째 카드였기 때문이다.

"그들이 압력을 느끼지 않으면 내 계획대로 움직이지 않을 테니 무조건 고발하는 것은 무리일 테고."

"상황이 이런데 여전히 조사를 거부할까?"

"상황이 이러니까 더욱 거부할 거야."

일단 조사에 착수하면 얼마나 많은 실종자들이 나올지 알 수가 없다.

"일단 한 명이라도 실종자가 나오면 정부 입장에서는 영장을 받아서 기존에 있던 사람들을 다 조사하는 수밖에 없거든."

"하지만 아예 버티면 욕만 먹고 만다는 거지?"

"그래."

아무리 욕을 먹어도 어찌 되었건 버티다 보면, 사람들의 기억이란 1년쯤 지나면 흐릿해지기 마련이니까.

"거기에다 이곳은 정부 지원을 받는 시설이야. 그 말은, 국민들을 바라볼 이유가 없다는 거지."

물론 잠깐 시끄럽겠지만, 딱 그 정도일 것이다.

"곰곰이 생각해 봤는데, 독수정신병원에서 나온 사람들이 움직이면 어떨까요?"

"나온 사람들이요?"

"네, 독수정신병원에 입원했던 사람들이 고발하는 겁니다."

노형진은 고개를 흔들었다.

"무리일 겁니다. 전에도 말했지만, 법원에서 정신병 경력을 가지고 있는 사람을 증인으로 인정해 주지 않을 겁니다."

거기에다 병원 내부라는 특성상 증거를 모으는 것은 힘들다.

"몰래 들어가서 촬영 영상이라도 따 와야 하나?"

"그건 불가능하지 않지. 하지만 그건 명백하게 범죄야."

그들은 자신들을 보호하기 위해 잔뜩 움츠러든 상황이다.

그러니 이쪽에서 어떻게 해도 섣불리 반격하거나 하지는 않을 것이다.

"하지만 다른 쪽이라면 건드려 볼 수도 있지."

"다른 쪽?"

"그래. 다른 쪽 말이야."

"누구?"

"경찰."

"응?"

노형진의 말을 손채림도, 무태식도 이해하지 못했다.

경찰을 어떤 식으로 건드린단 말인가?

안 그래도 경찰은 이번 사건을 해결하기 위해 기를 쓰고 있다.

도리어 잘못 건드리면 그쪽이 부정적으로 나올 가능성도 존재한다.

"원래는 경찰까지 건드리고 싶지는 않았어. 하지만 인권 운동가들이 도움을 거절했으니 어쩔 수 없지. 조금 부담되더라도 경찰을 건드리는 수밖에."

"이해가 안 가는데?"

"간단하게 생각해 봐. 수요공급의 법칙이라는 게 가장 기본 아니야?"

누군가 필요한 게 있다면 누군가는 그걸 공급한다.

아예 원시적인 사회가 아닌 이상에야, 그것이 세상의 가장 기본적인 규칙이다.

"그건 딱히 자본주의의 전유물도 아니야. 명목상으로는 자본주의 규칙이지만 공산주의에도 수요와 공급이 있으니까."

다만 공산주의는 수요와 공급을 국가라는 조직이 통제하는 것뿐이다.

"그런데?"

"범죄도 마찬가지야. 수요가 있다면 공급이 있지."

"수요는 장애인을 원하는 이들일 테고, 공급이라 하면 부패한 경찰들이겠구나."

부패한 경찰들.

사실 잃어버린 아이들을 실종 처리하고 신분을 등록해서 제대로 가족을 찾을 수 있는 곳에 보내 줘야 하는 사람들.

"하지만 그러지 않은 사람들이 있겠지."

노형진의 말에 무태식은 고개를 끄덕거렸다.

실종자들이 나타났는데 그들의 신분이 불확실하다면, 그들을 법적으로 보호하고 신분을 확인하는 절차를 거쳐야 한다.

"하지만 그 대신 정신병원으로 연락하는 거지."

행려 환자라는 말 한마디에 정신병원은 장애인들을 데리고 간다.

그러면 가족들은 영영 실종자를 찾을 수 없게 된다.

"설마."

"설마가 아니야. 단순하게 생각해 봐. 지적장애인들의 행동반경이 얼마나 되겠어?"

기껏해야 집 근처다.

그리고 대부분의 지적장애인들은 보호자와 함께 움직인다.

"가족들이 지적장애인을 잃어버리면 가장 먼저 찾는 곳이 경찰서야. 그리고 지적장애인들이 발견되면 가장 먼저 연락이 가는 곳도 경찰서고. 병원에서 실종자들의 존재를 일일이 알고 납치하는 게 아니라면, 결국 경찰이라는 조직을 거칠 수밖에 없어."

노형진의 말에 두 사람은 고개를 끄덕거렸다.

"생각해 보니 그렇군요. 거기에다 가족이나 부모님은 장애인들이 홀로 떨어질 때를 대비해서 여러 가지 대책을 세워 두죠."

흔하게는 연락처가 적혀 있는 팔찌나 목걸이를 걸어 둔다거나, 옷에다가 연락처를 적어 두기도 한다.

가방 같은 것에 연락처를 적어 두기도 하고.

"장애인을 데리고 있는 집의 가족들이 바보도 아닌데, '잃어버려도 어쩔 수 없지.'라며 대충 준비해서 다니겠어?"

"끄응……."

"물론 바로 연락이 가지는 않을 수도 있지. 하지만 경찰에 알리고 혹시나 신고가 들어오면 연락을 달라고 하든가 며칠간 계속 찾아다니든가 하겠지."

즉, 일반인이 장애인을 발견하고 경찰에 신고하는 경우를 감안하면, 두 가지 경우가 아니고서야 가족을 찾지 못할 가능성은 낮다.

"하나는 가족들이 장애인을 버리기로 작정한 경우. 그런 경우는 개인을 특정할 수 있는 흔적을 지우고 버릴 테니까. 다른 하나는 누군가 장애인을 특정할 수 있는 자료를 지우는 경우."

"후자의 일을 한 게 경찰이라는 소리구나."

"그래. 물론 지금 경찰은 안 그럴지도 몰라. 하지만 과거에는 그런 일이 흔했지. 심지어 옛날에는 술 취한 사람을 행려 환자로 분류해서 정신병원에 넘겨 버리는 일도 비일비재했어."

딱 봐도 술 취한 사람이면, 경찰서에 두면 알아서 술 깨서 나간다.

그 와중에 사고 친 게 있으면 술이 깨고 나서 그 책임을 물으면 되고.

그게 정상적인 일반 경찰들의 행동이다.

"하지만 그런 극히 일부의 부패한 경찰들이 여전히 존재하지."

시대가 바뀌었고 시스템이 훨씬 정교해졌다.

컴퓨터에 사진만 올려 두면 전국에서 다 공유되니 전처럼 일이 복잡하지도 않다.

"지금은 21세기야. 80년대나 90년대가 아니지. 사실 장애인이라는 특수성 때문에 가족들이 찾으려고 한다면 어지간하면 찾을 수 있어."

한국에 장애인 보호 시설은 많은 편이 아니니까.

"그런데 왜 경찰이 그런 행동을 하는 거야?"

"돈 때문일 거야. 기록에 따르면 80년대에는 그런 행려 환자 한 명을 데리고 오면 경찰에게 수고비 조로 3만 원을 줬다고 해."

"3만 원? 고작?"

"지금 기준으로는 3만 원이 고작이지. 하지만 그때 물가를 생각해 봐."

그 당시는 라면 한 봉지가 100원, 소주 한 병이 200원 하던 시절이었다.

그리고 경찰의 월급은 30만 원 정도.

"아주 많은 건 아니지만, 아주 적은 것도 아니지."

"그러면 네 생각에는, 그런 식으로 행려 환자를 넘겨주는 사람이 있을 거라는 거야?"

"지금이야 모르지. 하지만 없지는 않을걸."

만일 없다면 장애인들의 실종 사건은 상당히 줄어들었어야 한다.

"억측이 지나친 거 아닌가?"

"억측이라……. 그럴 수도 있지. 하지만 여전히 가족을 찾을 수 없는 장애인들은 많아. 반대로 가족들도 잃어버린 장애인을 못 찾고 있고. 해당 경찰서에서 제대로 등록만 했다면 그런 일은 없어야 정상이지."

"우우우……."

말도 안 되는 상상 같기는 하다.

하지만 또 노형진의 말대로 제대로 컴퓨터에 등록만 되어 있다면, 경찰서에 찾아온 가족들이 헛걸음을 할 이유도 없다.

"참 비참한 현실이다."

정작 진짜 행려 환자로 분류되어서 치료를 받아야 하는 사람들은 병원에서 거부해서 기본적인 치료도 받지 못하고 죽는다.

돈이 드는데 정부에서 행려 환자들에게는 최저의 치료만 하라고 공문을 내린 적이 있을 정도로 비인도적인 선택을 강요하기 때문이다.

반대로 몸이 건강한 지적장애는 치료비는 안 드는데 정부에서 지원하는 돈으로 정신병원의 돈을 벌어 줄 수 있으니 거래의 대상이 되는 셈.

"그러니 그런 일을 일으킨 경찰을 찾아서 족치는 거야."

"하지만 누군지 알고?"

"누군지는 곧 알게 되겠지. 자기 버릇 개 못 주거든."

노형진이 보기에 의심스러운 지역이 몇 곳이 있었다.

물론 오래된 사건들이 대부분인지라 추적하는 건 어려운 일이었다.

"하지만 경찰이라면 이야기가 다르지."

경찰이 어디서 언제 어떤 부서에서 근무했는지 알아내는 건 어렵지 않다.

"그리고 한번 해 본 놈이라면 다른 지역에 갔다고 해도 결국 비슷한 짓을 할 거야."

사실 경찰은 순환 근무 제도가 없다.

몇 번이나 그런 시도가 있었지만, 지역에 대해 잘 알아야 수사를 할 수 있는 부분도 있기 때문에 흐지부지되기 마련이었다.

"하지만 아예 변동이 없는 건 아니거든."

그동안의 승진과 보직 이동에 대한 걸 검토하고, 당시 그 지역에서의 실종자 명단과 비교하면 된다.

물론 경찰을 건드리는 행위 자체는 부담스럽지만.

"어찌 되었건 그러한 행동을 한 사람들이 있는 곳은 상대적으로 장애인 실종자의 비율이 높아질 수밖에 없지."

손채림은 그 비율을 조사하기 시작했다.

그리고 얼마 지나지 않아서 특이하게 실종자의 비율이 높은 지역이 발견되었다.

"그 당시 근무자 중에 차태운이라는 사람이 있어. 그런데 그 사람이 옮겨 간 다른 경찰서에서도 장애인 실종자 비율이 높아지더라고."

"왜 이런 걸 몰랐죠?"

"아무래도 이런 걸 통계를 내지는 않으니까요."

장애인 보호는 경찰의 업무가 아니라고 생각하던 시점이다.

더군다나 이런 걸 개개인의 움직임까지 계산하면서 통계를 내는 곳은 없다.

당연히 누군가 특정 목적을 가지고 조사하지 않으면 그 기록이 나올 리 없다.

"그리고 이 기록에 따르면, 2년 전에 실종 사건이 발생한 곳도 그곳이야."

"최근 사건도?"

"그래."

"흠⋯⋯."

노형진은 살짝 눈을 찡그렸다.

최근, 그러니까 장애인 등록 및 실종자 검색 시스템이 완성된 후에도 발생했다는 것.

"그러면 은폐했을 가능성도 높다는 거네."

"그럴 수도 있지. 아니, 그럴 거야."

거기에다 차태운이라는 경찰은 나이가 적지 않은데 승진은 제대로 하지 못한 타입이다.

즉, 뛰어난 능력을 가진 사람은 아니라는 거다.

"그래서 그 사람에 대해 조사를 했어. 정확하게는 그 부서의 실종 기록을 확인해 봤는데, 실종된 장애인들 중에 지난번에 사망한 그 여자 이름이 있더라."

"그 여자라 하면?"

"기억 안 나? 실종되었다가 임신중독으로 사망한 그분 말이야."

"아아."

노형진은 고개를 끄덕거렸다. 기억난다.

"그 사람의 실종과 관련이 있는 것 같아."

그녀의 시신의 화장을 맡긴 곳은 독수정신병원이다.

그리고 그곳에서 가장 가까운 경찰서가 바로 차태운의 근무지였다.

"우연치고는 무섭군요."

"우연은 아닐 겁니다."

행려 환자를 넘겨주는 조건으로 돈을 받는다는 소문은 전부터 파다했다.

"요즘 들리는 소문으로는 한 명당 300~400만 원 정도라고 하니까."

"300? 그렇게나 많이?"

"과거보다 행려 환자가 많이 줄었거든. 반대로 행려 환자한 명당 치료비는 더 늘었고."

데리고만 있어도 한 달에 100만 원 정도의 지원금이 나온다.

거기에다 정신병원은 그에 대해 신고할 의무가 없다.

"오죽하면 집에서 10분 거리에서 죽은 후에 발견된 경우도 있지요."

"10분요?"

"네."

아이가 사라지고 6년을 찾아다녔다.

그런데 고작 10분 거리에 있는 곳, 아이를 찾기 위해 수십 번은 가 보았던 그곳에서 발견되었다.

병원에서 부인했기 때문에 수차례를 찾아갔음에도 불구하

고 결국 찾지 못한 것이다.

"이번 일과 마찬가지야."

찾아 줄 의무가 없으니, 보조금을 받을 목적으로 아예 확인조차 하지 않은 것이다.

"만일 경찰이 그에 대해 진술하기 시작하면 이야기가 좀 달라질걸."

"하지만 진술할까?"

"보통은 하지 않겠지."

"그럼 어떻게 하게 하려고?"

"고발해야지."

"어떤 식으로?"

"말했잖아. 돈을 받았다고 말이야."

노형진은 씩 웃었다.

⚖️

정신병원은 근무 환경이 그리 좋은 곳이 아니다.

더군다나 한국에는 여자가 결혼하면 퇴사하라고 압력을 가하는 문화가 있다.

그래서 한국 정신병원에 재직하는 여직원들의 퇴사율은 오래전부터 상당히 높은 편이었다.

노형진과 손채림은 그 점에 착안하여, 과거 정신병원에서 일했던 한 아주머니를 찾아갔다.

제법 후덕해 보이는 아주머니는 곤혹스러운 표정으로 입을 열었다.

"아니, 내가 그때 서무로 일하기는 했는데……."

"그 당시 경찰들에게 돈을 준 건 기억하시나요?"

"기억이야 하지만……."

그녀는 그 시절에 독수정신병원에서 서무, 그러니까 요즘으로 보면 회계로 일했던 사람이다.

그녀를 찾는 게 쉬운 일은 아니었지만, 그래도 찾아내는 데에는 성공했다.

"그런데 이제 와서 그게 중요한가?"

이제는 아줌마가 되어 버린 그녀는 초면인 노형진과 손채림에게 자연스럽게 반말을 했다.

하지만 노형진은 그걸 가지고 뭐라고 하지 않았다.

일단 중요한 것은 그녀의 증언이니까.

"중요한 겁니다."

"어째서? 아니, 그때야 그런 게 흔한 시절이었고……."

"흔했다고요?"

"흔했지. 길바닥에 노숙자들이 넘쳐 났는걸. IMF 때였으니까."

"아……."

버려진 장애인들이 넘쳐 나던 시기였다.

일부는 장애인이 아니라 일반 환자임에도 불구하고 버려져야 했고, 부모들을 버리는 비정한 자들도 있었다.

하지만 치료비조차도 제대로 없는 상황에서 그 시대의 현실은 지옥 같았다.

"그때는 병원에 와도 그냥 조용히 죽음을 기다리는 사람이 많았지."

그녀는 그때를 떠올리며 눈을 찡그렸다.

그 당시에 많은 노인들이 정신병원 한구석에서 죽음만 기다렸다.

가족이 있음에도 불구하고, 가족에게 피해를 주지 않기 위해 말이다.

"비참하네요."

"비참한 시기였지."

그때를 생각하면서 눈물을 찍어 내는 여자.

"그런데 그때 경찰들에게 돈 준 건 왜?"

"그걸 증언해 주실 수 있나요?"

"그건 왜?"

"그건 엄밀하게 말하면 인신매매입니다."

여자는 잠깐 움찔했다.

인신매매라니?

갑자기 강력 범죄라고 하자 당황할 수밖에 없었다.

"아니, 나는 그런 쪽으로는 생각 안 해 봤는데."

"당연하죠. 데리고 오는 사람들이 경찰이었는데."

"하지만 그때는 노숙자들이 넘쳐 나던 시절이라……."

"일반적으로 장애인을 선호하지 않았던가요?"

"그건 그랬지."

아파서 버려진 사람들, 아니 버려지기를 선택한 사람들.

그들은 가족들을 위해 본인의 신분을 감췄다.

하지만 그들에게 병이 있는 것은 사실이었다.

그리고 그 치료비로 적지 않게 지불되었고.

"사실 치료라고 해 봐야 진통제 정도였지만."

연명 치료니 항암 치료 같은 건 없었다.

그저 고통을 덜어 줄 뿐.

"그래도 돈이 많이 들었지요?"

"그랬지. 확실히 병원에서는 그런 노숙자들보다는 장애인
들을 선호했어."

노숙자들 중에는 알코올중독으로 난동을 피우는 사람도
있었지만, 지적장애인은 그런 타입이 많지 않았다.

거기에다 노숙자들은 보통 치료비가 엄청나게 든다.

지원금으로 100만 원을 받아도, 제대로 치료하려면 200만
~300만씩 드는 경우도 많았다.

그래서 자발적으로 버려지려고 한 것이고.

"장애인들은 어떤가요?"

"식비만 나가지."

대량으로 만들어서 급식 형태로 공급하기 때문에 그런 지적장애인들에게 가는 음식의 질은 형편없었고, 잘해 봐야 20만 원 정도의 원가밖에 들지 않는다.

그래서 노숙자들과 다르게 그들은 제법 짭짤하게 수익이 났던 걸로 그녀는 기억했다.

"그래서 힘들게 여사님을 찾은 겁니다."

노형진은 그녀에게 지금 남아 있는 가족들이 얼마나 고통을 받는지 이야기했다.

대부분의 가족들은 실종자를 찾는 것도 포기하고 제사를 지낼 정도로 고통스러워한다.

하지만 그 와중에도 포기 못 하고 여전히 병원을 찾아다니는 사람들도 많았다.

"아이구…… 불쌍해라."

결혼해서 이제는 부모가 된 그녀는 자신도 모르게 눈물을 훔쳤다.

아무리 장애가 있다고 하지만 자기 자식을 그런 식으로 잃어버린 거라면 얼마나 가슴이 찢어질까?

생각만 해도 끔찍했다.

"그런데 경찰 중 일부가 돈을 노리고 실종 확인도 제대로 하지 않은 채 실종자를 넘겨준 기록이 있습니다. 혹시 기억하실지 모르겠는데, 차태운이라고……."

"아, 기억나네, 그 아저씨."

"기억하세요?"

"내가 거기 다닐 때만 해도 잘나갔어."

자신에게 꼬리 치던 그 경찰을, 그녀는 다행히 기억하고 있었다.

때때로 지능이 좀 모자란 듯한 아이들을 데리고 와서 넘기고 사례금을 받아 갔던 것.

"그 돈을 받은 겁니까?"

"받았지. 그때는 그게 보통이라고 생각했으니까."

정신병원 자리에도 한계가 있다.

돈이 안 되는 노숙자들보다는, 돈이 되는 지체장애인들을 받아 넣으려고 하는 게 보통이었다.

"그때 돈이 확 올랐지."

"올랐다고요?"

"돈 안 되는 사람은 안 받으려고 했으니까."

주취자나 노인은 데리고 와도 보상금이 없었지만, 지적장애인을 데리고 오면 보상금을 꽤 줬다고 한다.

오래 잡아 두고, 두둑하게 정부 지원을 받을 수 있었으니까.

"헐."

예상만 했던 것이 현실로 다가오자 손채림은 너무 놀라서 입을 다물지 못했다.

사실 IMF라고 해도 그리 오래된 역사가 아니다.

그런데 그 시절에 그런 인권 말살이 벌어지고 있을 줄은 몰랐다.

"그게 인신매매였어?"

"그렇습니다."

인신매매라면 문제가 심각해진다.

노형진은 그 사실을 말하면서 슬쩍 겁을 줬다.

물론 그녀가 도와줄 것 같기는 하지만, 그래도 그녀의 결심이 더 강해져야 할 필요가 있었다.

"어쩌면 그 당시에 의사나 간호사 같은 사람들도 종범으로 수사를 받을지도 모릅니다."

"헉! 종범이라니?"

"돈을 주고 환자를 받는다는 걸 안다면, 그리고 그걸 모른 척했다면 못해도 방조범이 되거든요."

그녀는 눈을 데굴데굴 굴렸다.

혹시나 고발하면 자신에게 불이익이 올까 봐서였다.

노형진은 그걸 보고 살짝 당근을 던졌다.

이런 건 채찍과 당근이 적절하게 들어가야 효과를 볼 수 있다.

"물론 직장인으로서 시키는 대로 한 거니까 해당되지 않을 가능성이 높습니다. 그리고 그때는 몰랐으니까요. 모르고 지은 죄는 처벌하지 않는 것이 보통이거든요."

"그, 그래?"

"네. 거기에다 사건 해결에 협조해 준 사람이라면 더더욱 기소할 필요는 없지요."

노형진이 내민 당근을 덥석 물어 버리는 그녀.

"그런 거라면 내가 증언을 해 줘야지. 나야 아무것도 몰라서, 그게 인신매매인 줄도 몰랐지."

"그러면 증언해 주시는 겁니다?"

"그러지, 뭐. 내가 아는 사람들 더 불러 줄까?"

"더 있으세요?"

"더 있지. 그 당시 알던 언니, 동생 들이 있거든."

"그러면 더 불러 주시겠어요?"

노형진은 승리의 미소를 속으로 감추며 주먹을 불끈 쥐었다.

⚖

차태운은 이제 정년을 맞이해서 느긋한 노후를 보낼 수 있을 거라 생각했다.

하지만 정년이 코앞인데 그에게 닥쳐온 일은 그의 노후뿐만 아니라 그의 인생 자체를 박살 냈다.

"인신매매라니! 내가 인신매매라니! 그게 무슨 말도 안 되는 소리야!"

차태운은 길길이 날뛰었다.

"선배님, 저희도 지금 당혹스럽습니다. 일단 상부에서는 조용히 지내라고 하는데…….”

안 그래도 경기도에서 터진 사건으로 인해 경찰이 이런 문제에 대해 제대로 일도 하지 않는다고 욕먹고 있는 상황이다.

그런데 그런 상황에서 그에게 장애인에 대한 인신매매 혐의가 뒤집어씌워지자 그는 발끈할 수밖에 없었다.

“내가 무슨 인신매매를 했다는 거야!”

인신매매.

말 그대로 사람을 돈 주고 사고파는 극악한 범죄.

사람이 절대로 해서는 안 되는 최악의 죄.

한데 그걸 다른 사람도 아닌 자신이 했다니?

“아니, 그렇게 화만 내지 마시고요. 일단 저희도 고발이 들어오면 조사를 해야…….”

“야! 내가 인신매매하는 사람으로 보여!”

“아닌 거 알아요. 그런데 아시잖아요, 그 실종자 피해 가족들이 지금 거품 물고 있는 거.”

실종자 단체에서 갑자기 그를 걸고넘어진 이유는 알 수가 없었다.

그러나 확실한 것은, 그의 상황이 좋지는 않다는 것이다.

“일단 이건 요식행위 같은 거니까 선배님도 그냥 똥 밟았다 생각하시고…….”

수사를 담당하게 된 후배는 곤혹스러운 표정이 되어서 차태운을 진정시키려고 했다.

하지만 그 순간 다가온 남자 때문에 그는 더욱 곤혹스러운 표정이 되었다.

"그 말씀 잘 들었습니다. 정식으로 고발하고, 수사관 교체를 요청하겠습니다."

"누구십니까?"

"이번 사건의 고발을 담당하고 있는 노형진 변호사라고 합니다."

순간 후배의 얼굴이 새파랗게 변했다.

"요식행위라……. 그러니까 사건을 은폐한다는 말씀이시지요? 정식으로 인신매매의 종범으로 고발해 드리면 되겠네요."

"아니, 그건 아니고요. 저희는 그러니까……."

"너야? 네가 나 고발한 거야? 너 뭐야, 이 새끼야!"

노형진의 멱살을 잡아 올리는 차태운.

그의 눈에서는 불이 활활 타오르고 있었다.

"아까도 말했지만 변호삽니다만?"

노형진은 멱살이 잡혀 있는 상황에서도 느긋하게 이야기했다.

"내가 무슨 인신매매를 했다는 거야! 어!"

"저희가 이미 알아봤습니다."

노형진은 피식 웃으면서 말했다.

"병원에 행려 환자 넘기고 돈 받으셨잖아요?"

"뭐?"

순간 움찔하는 차태운.

그 순간 그의 기억을 읽은 노형진은, 욕이 절로 나왔다.

'개자식.'

예상대로였다.

그는 돈을 받는 조건으로, 발견한 장애인들을 병원 측에 넘겨줬던 것이다.

어차피 장애인들은 찾을 일이 없다고 생각해서였다.

"어…… 언제!"

"이미 기록을 확인해 봤습니다만."

행려 환자로 등록하면 일단 그 사건에 대한 기록이 남게 되어 있다.

그리고 그 기록을 조사하면 그 행려 환자들이 어디로 갔는지 알 수 있다.

"대부분 독수정신병원으로 갔더군요."

"그건 그 병원이 행려 환자 보호 병원으로 지정되어 있으니까 그렇지!"

"알고 있습니다."

노형진은 고개를 끄덕거렸다.

"그리고 그 당시에 당신에게 돈을 줬다는 증언도 받아 놨구요."

"뭐라고?"

"돈이라는 게, 뻔한 거 아닙니까?"

그런 행동을 할 수 있었다는 것.

그건 그 당시에는 그게 죄라고 생각하지 않았기 때문이다.

그냥 행려 환자를 데려다주고 약간의 수고비를 받는다고 생각했던 것.

물론 진짜 아픈 행려 환자는 해당되지 않는다.

저항할 수 없어서, 쉽게 붙잡아 두고 정부로부터 돈을 받아 낼 수 있는 지적장애인이 기준이다.

"누…… 누가 그래!"

"그 당시에 근무하던 경리들이 아직도 거기서 근무할까요?"

차태운은 말문이 막혔다.

경리라면 당연히 자신에게 돈을 줬던 것을 기억할 것이다.

가서 현금으로 받아 왔으니까.

"그분들의 증언은 이미 확보해 놨습니다. 그 당시 지적장애인을 데리고 오면 200만 원에서 300만 원 사이의 사례금이라는 것을 줬다고요."

"그건 법적으로 정당한 절차를 거쳐서 데려간 거야."

"법적으로 정당하다고요?"

노형진은 코웃음을 쳤다.

법적으로 정당했다면 그 당시에 실종된 사람들이 없어야 한다.

그런데 그 당시 실종된 장애인들은 죄다 독수정신병원으로 넘겨진 것으로 기록되어 있다.

"그건 확인해 보면 알겠지요."

"증거 있어? 증거 있느냐고!"

"고발이 뭔지 모르세요? 경찰이라는 분이 고발도 모르시면 큰일 나죠."

범죄가 저질러지고 있으니 확인해 달라고 주장하는 것.

그게 고발이다.

그리고…….

"고발은 고소와 다르게 관련자가 아니어도 되고, 꼭 증거를 가지고 있어야 하는 것도 아니지요."

노형진은 제법 두툼한 서류를 꺼내 들었다.

"그 당시 근무자들이 작성해 준 진술서입니다. 그 당시에 행려 환자들 중 지적장애를 가진 사람들을 데리고 있으면 정부에서 지원금을 준다는 내용이네요. 그 돈이 무려 매월 100만 원이고요."

차태운은 눈을 데굴데굴 굴렸다.

하지만 곧 자기변명을 시작했다.

"내가 경찰이야! 어! 경찰이라고! 경찰이 인신매매를 한다는 게 말이나 돼? 그때가 무슨 80년도도 아니고, 인신매매라니! 허, 참 나."

하긴, 80년대에는 진짜 인신매매범이 극성을 부렸다.

정부가 범죄와의 전쟁을 선포하고 제대로 박멸하면서 대부분 사라졌지만.

그러나 그런 그의 항변은 의미가 없었다.

"인신매매는 사람의 신병을 이용해서 거래를 하는 겁니다. 그 거래의 목적이 돈이나 이득이면 족합니다. 당신의 신분은 중요한 게 아니죠."

"경찰한테 인신매매를 했다고 누명을 씌운다고, 그게 다 말이 되는 줄 알아!"

애써 누명이라고 항변하는 차태운.

"글쎄요. 기자들은 뭐라고 생각할까요?"

"뭐?"

순간 이해가 가지 않는 듯 노형진을 바라보는 차태운.

그때 그 말을 들은 후배가 설마 하는 생각에, 창가로 다가가서 밖을 내다보았다.

그리고 자신도 모르게 침음성을 흘렸다.

"서…… 선배…… ."

"뭐? 왜? 뭔데?"

"기자들이…… ."

"뭐? 기자들?"

차태운은 깜짝 놀려서 입구 옆에 있는 창문으로 다가갔다.

그리고 바깥을 보고 얼굴이 새파랗게 질렸다.

경찰 노릇을 오래 해서, 기자들이 어떤 모습으로 모이는지 알고 있기 때문이다.

"이 경찰서를 배경으로 기자회견을 하면 그림 참 잘 나올 것 같지 않습니까?"

"너…… 너……."

만일 그런 기사가 나가면 사람들은 범인이 여기에 있다는 생각을 하게 될 테고, 서에서는 자신을 보호해 주고 싶어도 못 하게 된다.

국민들에게 가루가 되도록 까일 테니까.

"나…… 난 인신매매한 적이 없어!"

"그래요? 하지만 병원에서 돈 받은 적은 있지 않습니까?"

"그건 경찰 업무에서…… 그냥 감사의 의미로……."

"감사의 의미는 돼지고기까지예요."

노형진은 당혹한 차태운의 어깨를 탁탁 두들기고 바깥으로 나가면서 말했다.

"뭐, 덕분에 당신에게 감사하다는 소리 할 사람이 많겠네요."

다른 사람도 아니고 경찰이 포섭된 인신매매 사건.

"아, 그리고 아까 후배분?"

"네?"

노형진은 품에서 녹음기를 꺼내 들었다.

그리고 씩 웃었다.

"이거 틀 겁니다."

"허억!"

"혹시나 해서 말씀드리는데, 당사자가 아닌 사람의 녹음은 불법입니다. 그래서 이건 증거로 못 써요. 경찰이니까 그건 아실 테고."

느긋하게 녹음기를 다시 품에 넣으면서 말하는 노형진.

"그래도 기자들한테는 틀어 줄 테니까, 아니꼬우면 고소하세요."

"이, 이봐…… 이건 아니야……. 이건…… 이건…… 그래, 그 무죄 추정의 원칙에도 어긋난다고……!"

무죄 추정의 원칙.

법원에서 죄가 확정되기 전까지는 무죄로 본다는 법의 가장 기본 원칙.

그러니 이런 걸 섣불리 공개하는 것은 금지되어 있다.

'일단은' 말이다.

"그런데 그거 가장 안 지키는 게 경찰이랑 검찰 아닌가요?"

노형진은 어떻게 해서든 자신을 막으려고 하는 그들에게 빈정거리며 말했다.

"툭하면 기자회견 하면서 여론 재판 형성하시는 분들이 무죄 추정의 원칙이라니요?"

"그건……."

"뭐, 일단은 기자들한테 말씀드릴게요, 무죄 추정의 원칙이 뭔지에 대해."

뒤에 남은 두 경찰은, 입구로 나가는 노형진의 뒷모습을 절망적으로 바라볼 수밖에 없었다.

―경찰이 지난 20년간 알게 모르게 인신매매를 해 왔으며 그 대가로 정신병원에서 지원금을 받은 것이 이 안에 증거로 남아 있습니다. 그들은 지적장애인들을 데려다주는 조건으로 건당 300만 원 정도의 금액을 받았으며……

노형진은 기자들을 불러 두고 당당하게 말했다.
다른 사람도 아니고 경찰이 인신매매를 했다는 내용의 기자회견은 사람들의 관심을 이끌었다. 물론 노형진은 약속대로 무죄 추정의 원칙도 마지막에 언급해 줬다.

―무죄 추정의 원칙에 따라 해당 경찰관의 신분은 말씀드릴 수 없다는 점을 감안하여 주시고, 기사를 쓸 때도 무죄 추정의 원칙을 지켜 주시기 바랍니다.

물론 그게 진짜로 지켜질 리는 없다.

―경찰이 인신매매?
―경기도 사건 경찰은 자기들은 관련이 없다고 하지 않았냐?
―잡으라는 범죄자는 안 잡고 장애인 데려다 판 거야? 미친놈들.

안 그래도 경기도의 도선정신병원 사건으로 경찰은 가루가 되도록 까이고 있었다.

경찰이 조사해 주지 않아서 어쩔 수 없이 조사하도록 만들기 위해 살인했다고 허위 자수를 한 거라며 소준이 기자회견을 하는 바람에, 사건 조사도 제대로 안 한다고 욕먹고 있었던 것이다.

-자기들이 인신매매를 했으니 조사를 할 수가 없었겠지.

경찰의 억울함을 떠나, 이 말이 최고 추천으로 메인에 떡하니 박힐 정도로 여론은 최악을 향해 흘러가고 있었다.

"수고비 같은 소리 하고 자빠졌네."

노형진은 난리 법석이 된 인터넷을 보면서 피식 웃었다.

여러 가지 말로 포장한다고 해도 뇌물은 결국 뇌물이다.

사람을 넘기고 돈을 받는 순간, 그건 인신매매이지 수고비 같은 게 아니다.

"그런데 인터넷에서 무차별적으로 관련 단어가 삭제됐는데?"

"그럴 거야. 아무래도 이번 사건은 정부 입장에서도 무척이나 부담될 수밖에 없거든."

다른 사람도 아니고 경찰이 인신매매를 했다는 노형진의 주장, 거기에다 그걸 증명하는 증거.

경찰 입장에서는 어마어마한 압력을 받을 수밖에 없는 것이 현실이다.

　"그러니 정부에서는 어떤 식으로든 사건을 축소해야지."

　그래서 관련 검색어를 무차별적으로 삭제하면서 사건을 은폐하려고 노력하고 있었다.

　"그런다고 해서 감춰질 수준은 아니지만."

　전이라면 모를까, 지금은 그게 안 된다.

　노형진이 대체 언론에 적지 않은 투자를 한 덕분이다.

　블로그에서부터 팟캐스트 그리고 신문사까지, 정부의 통제에서 벗어난 언론이 적지 않았다.

　"그리고 그럴수록 자기들이 불리해지지. 결국 이번 사건은 전수조사로 넘어갈 거야."

　"그런데 이런 일에 대비해서 감사가 있었다면서? 그런데도 지금까지 몰랐다는 게 이해가 안 가네."

　"있으면 뭐 해?"

　분명 법적으로 이런 사건이 벌어지는 걸 막기 위해 담당자가 해당 병원에 대해 정기적으로 조사하도록 되어 있다.

　하지만 말 그대로 요식행위인지라, 가서 차 한 잔 마시고 돈 몇 푼 받고 '이상 없음' 도장을 찍어 주는 것이 보통이었다.

　"그러니 이참에 그놈들도 털어 내야지."

　노형진은 그렇게 말하면서 뉴스를 틀었다.

　오늘 뉴스가 뭔지 알고 있었기 때문에 그 소식을 기다리고 있었던 것.

　－병원 내부에서 서른 명이 넘는 실종자가 발견되었는데 어떻게
생각하십니까?
　－경기도의 도선정신병원에 이어서 서울의 독수정신병원도 실종
자들을 은폐하고 있었는데요.
　－원장님, 한마디만 해 주세요.

　경찰서에 도착하는 원장.
　그는 얼굴을 모자와 마스크로 꽁꽁 감추고 있었다.

　－그곳에서 사망한 이들이 많다던데요.
　－임신하고 출산한 여성 환자들이 많다는데, 그에 대해서는 아시
는 게 있습니까?

　하지만 원장은 아무런 말도 하지 않고 안으로 들어갔다.
　"어떻게 될까?"
　"모르지. 솔직히 말하면 인신매매가 성립될 가능성은 낮아."
　인신매매라는 단어는 국민들과 기자들을 광분시키기 위해
선택한 것일 뿐, 엄밀하게 말하면 법적인 절차에 따라 행동
한 것이 맞기는 하다.
　그 과정에서 자기 책임을 제대로 하지 않은 것은 사실이지만.

"뭐, 지금이야 시끄럽지만 좀 지나면 자연스럽게 팔이 안으로 굽겠지. 사실 그건 상관없어. 애초에 저런 짓거리 할 때는 인신매매법이 없었거든."

"뭐? 잠깐, 그게 무슨 소리야? 인신매매에 관한 처벌법이 없었다고?"

"우리나라에 인신매매에 관한 법이 생긴 건 얼마 되지 않아. 몰랐어?"

"헐…… 잠깐…… 그러고 보니…… 그러네."

자신이 배웠던 것을 곰곰이 더듬어 보던 손채림은 어이가 없어서 한숨만 나왔다.

"인신매매가 아니라 추행을 목적으로 한 약취유인이네."

"그래. 씁쓸하지만 말이야."

이게 무슨 소리냐면, 성적 추행을 목적으로 부녀를 납치하는 것만 인신매매로 처벌했다는 뜻이다.

당연히 지금 같은 경우나 노예로 쓰기 위해 남성을 납치하는 것은, 법적으로 인신매매의 범주에 들어가지 못했다는 것.

"와, 여기서도 남녀 차별이네."

경찰이 남자의 실종은 수사도 하지 않는다는 것은 알고 있었다. 그런데 법에서도 그럴 줄은 몰랐다는 듯 손채림은 씁쓸하게 웃었다.

"그리고 너도 알다시피, 법이 생기기 전에 발생한 범죄는 그 법으로 처벌하지 않아. 아니, 못 하지. 즉, 내가 단어를 자극적으로 쓰긴 했지만, 경찰이 그들에게 인신매매죄를 적용하지는 못한다는 거야."

"끄응…… 완전 엿 같네."

"엿 같지."

그나마 다행인 것은 전수조사 결정이 내려졌다는 것이다.

앞으로 멀쩡한 병원 안에서 얼마나 많은 실종 장애인들이 나올지는 아무도 모른다.

"다행히 이번 일로 인해 규정도 바뀔 테고. 다른 사건하고 다르게 악순환은 없겠어."

전에는 병원에 협조 의무가 없어서 이 지경이었지만, 이번에는 그 의무를 신설한다고 한다.

또한 정기 감사도 좀 더 빡세게 진행될 테고.

"시스템이 바뀌면 다시 저지르기 힘든 범죄니까."

실제로 전산 시스템이 도입되고 나서 지적장애인 강제 입원 사건이 많이 사라진 것은 사실이다.

물론 아예 없다고 부정은 못 하겠지만 말이다.

"가관이네."

노형진은 그렇게 말하면서 채널을 돌리다가 코웃음을 쳤다.

―이번 인권 문제에 대해서 저희 대한인권변호사협회는 비통한 마음을 금치 못하며, 피해자들의 인권을 위해 최선을 다하겠습니다.

오래된 사건이라고 무시했던 자들.

그들은 사건이 이슈가 되자 인권을 부르짖으며 또다시 나타났다.

"아오, 저것들. 내가 거절한 거 까발릴까 보다."

"놔둬."

"어째서? 일한 건 우린데 날로 먹으려 들잖아!"

"우리가 뭐 칭찬받자고 이러는 거 아니잖아?"

어깨를 으쓱하는 노형진.

"저들이 저러는 게 기분이 좋지는 않지만, 그렇다고 저들을 도구로 이용해 먹을 수 있는 기회까지 버릴 수는 없잖아, 그것도 공짜인데."

"도구?"

"그래. 인권 변호사들이 붙으면 이런 일이 다시는 벌어지지 않겠지."

노형진은 느긋하게 의자에 기대어 누우며 말했다.

"필요악이라고 해 두자고, 필요악이라고."

손채림은 화면에서 열변을 토하는 변호사의 얼굴을 보며 씁쓸하게 웃었다.

"그래…… 천사의 얼굴은 아니다."

노형진은 그저 쓰게 웃을 뿐이었다.

문화 침략이 뭔지 보여 주마

"한국으로 망명하고 싶다고요?"

"네."

마이 소라의 말에 노형진은 깜짝 놀랐다.

마이 소라.

일본에서는 잘나가는 사람이다.

핑크 무비라고 하는 일본 성인영화 배우로, 적지 않은 몸값을 자랑하는 사람이다.

그런 그녀의 입에서 망명이라는 소리가 나오다니.

그것도 또다시.

"아니, 왜요? 일본에서 제대로 자리를 잡고 있지 않나요?"

"그건 그랬지요."

원래 마이 소라는 후쿠시마 사태로 목숨을 잃었지만, 이번 생에서는 노형진 덕에 목숨을 건졌다.

　그 때문에 원래 역사에 없던 일이 계속 터지고 있었다.

　그런데 갑자기 또 망명이라니?

　전에도 비슷한 경우가 있어서 노형진이 그녀를 띄워 주지 않았던가?

　그래서 망명 이야기는 흐지부지되어 버렸고 말이다.

　"또 포르노에 출연하라고 하던가요?"

　안 그래도 협박을 받던 그녀를 노형진이 도와줘서, 다시 자리를 잡고 잘나가고 있었다.

　그게 채 3년도 안 지났다.

　그런데 망명이라니?

　"아니요. 그건 아니에요. 하지만 제가 그 이후에 벌인 일들을, 야쿠자들이 위협으로 받아들인 모양이에요."

　"야쿠자들에게 위협을 받고 있습니까?"

　노형진은 표정이 굳었다.

　사실상 일본의 밤을 지배하고 있는 야쿠자.

　그들이 그녀를 협박한다면 그건 쉽게 넘어갈 만한 일이 아니다.

　"하지만 이해가 안 가네요. 소라 씨는 적지 않게 돈을 벌어 주고 있잖아요?"

　손채림은 고개를 갸웃했다.

돈이면 다 되는 게 그들이다.

지금 마이 소라가 벌어 주는 돈이 적지 않다.

"일단은 그렇지요. 하지만 제가 지금 하는 일로 인한 손해가 그것보다 더 크다고 생각해요."

"지금 뭘 하고 계시기에?"

"AV에 출연하는 아이들을 구하고 있잖아요."

"아아."

그녀는 그 사건 이후에 일본의 성인 영화, 속칭 AV에 출연하는 여자 후배들을 돕기 위해 물심양면 노력하고 있었다.

"그리고 얼마 전에 노 변호사님이 게이샤가 되지 못한 아이들을 데리고 간 게 치명타였어요."

"네?"

"그 일로 인해 못해도 백 명 이상의 마이코들이 한국으로 넘어왔으니까요."

"아아……."

그중 일부는 야쿠자들의 협박에 AV 시장으로 흘러갈 수밖에 없는 구조였다.

"그들이 벌어들였을 돈을 생각하면 엄청난 손해죠."

인기가 있다고 하지만 어느 정도 나이가 있는 마이 소라.

그에 반해 완전히 신인인 마이코 출신 여성들.

"이 시장은 신인의 판매량이 어마어마하니까."

쓸쓸하게 웃는 마이 소라.

"그 일로 인해 야쿠자들에게서 노골적으로 협박이 들어오고 있어요. 가족들도 위협을 받고 있고요."

"으음……."

노형진은 얼굴이 굳었다.

그건 생각해 보지 못한 부분이었다.

'나비효과라더니.'

본래 한국 문화를 말살하려고 하는 일본 극우 세력에게 저항하려고 한 일이었다.

그런데 그로 인해 손해가 발생하자 야쿠자가 움직일 줄은 몰랐다.

"아니, 도대체 얼마나 손해가 심하기에 그런 말도 안 되는 이유로 협박을 한다는 거예요?"

"일본 야쿠자의 최대 자금줄이 성인 AV예요. 저 때문에 못해도 10억 엔 이상의 손해를 봤을 거예요. 그것도 최소한으로 봤을 때요."

"10억 엔요!"

손채림은 입을 쩍 벌렸다.

10억 엔.

한국 돈으로 치면 100억이 넘는 큰돈이다.

한데 그마저도 최소치라니.

"충분히 그러고도 남지."

노형진도 인정할 수밖에 없었다.

일본의 AV 시장은 어마어마하게 크다.

성인 비디오 시장을 일본과 미국이 양분하고 있다고 봐도 무방할 정도이니까.

"문제는 미국과 일본은 상황이 다르다는 거야."

일단 인구 자체도 미국이 압도적으로 많다.

그러니 자발적으로 하고자 하는 여성이 없는 것도 아니다.

거기에다 미국은 성범죄에 대해 처벌이 엄격하다.

만일 강제로 촬영하면 촬영자뿐만 아니라 판매자들까지 모조리 모가지가 날아간다고 봐야 한다.

"하지만 일본은 아니지."

양분하고 있지만 숫자가 부족할 수밖에 없다.

성적으로 보수적인 아시아에 속한 나라이기 때문이다.

거기에다 야쿠자가 어둠의 세계를 잡고 있어서 제대로 된 처벌도 이루어지지 않고 있고.

"물론 미국도 다 합법은 아니지만."

"뭐? 아까 미국은 처벌이 강하다며?"

"강간은 강하지. 하지만 미국은 자본주의국가야."

일본이 협박과 강간으로 포르노를 촬영하게 한다면, 미국은 사기를 통해 촬영하게 한다.

"미국의 플로리다는 포르노 천국이라고 불려. 고등학교를 졸업한 많은 여자들이 배우 자리가 있다는 말에 성인 비디오 제작사에 찾아가지."

그러나 배우 자리가 있을 리 없다.

당연히 그곳에서 그녀들은 사실상 버려진 셈이 된다.

"그래서 포르노 업체, 아니 배우 업체를 가장한 업체에서
는 오는 비행기만 편도로 끊어 줘."

돌아가기 위해서는 부모님에게 돈을 보내 달라고 해야 한다.

그러나 대부분의 소녀들은 자존심 때문에 그러지 못한다.

"그리고 악순환이 시작되는 거지."

미국은 돈이 없으면 지옥 그 자체다.

단순한 맹장 수술 하나에 3천만 원씩 하는 곳이다.

거기에다가 먹고 마시고 자는 데에도 돈이 어마어마하게
들어간다.

"결국 사정이 급해서 어쩔 수 없이 끌려 들어가지. 물론
아예 작심하고 그쪽으로 나가려고 하는 사람도 분명 존재하
지만."

"진짜 있다고?"

"뭐, 없지는 않아. 오죽하면 미국에 포르노 시상식도 있을까?"

"괴상한 나라다."

"괴상한 사람들도 많고. 오죽하면 자기 꿈이 포르노 스타
였다는 것을 가지고 놀렸다고, 진짜로 포르노 스타가 된 후
에 자기 학교에 몰래 가서 촬영한 사람도 있었는걸."

"허."

"뭐. 웃긴 이야기는 그만하고 지금 문제를 해결해 보자고."

노형진은 상황을 곰곰이 생각했다.

확실히 지금 상황은 마이 소라에게 불리하다.

그들이 협박을 하는 단계에 들어갔다는 것은, 그냥 두지는 않겠다는 뜻이다.

"아마 여기서 그 일을 그만둔다고 해도 협박은 멈추지 않겠지요?"

"아마 그럴 거예요. 그래서 제가 망명을 생각하고 있는 거고요."

협박이라는 것은 절대 멈추지 않는다.

하나를 요구해서 들어주면 또 요구를 한다.

이 경우라면⋯⋯.

"아마 다음번에는 손해를 보충한다고 마이 소라 씨에게 AV 촬영을 요구하겠네요."

"그러겠죠. 다들 그래 왔으니까. 아니, 당연해요. 몇 번 이야기가 나오기도 한 모양이고요."

"몇 번 나왔다고요?"

그녀는 한창 이미지가 좋은 배우다.

그런데 벌써 그런 이야기가 나오다니?

"이미지가 좋다는 게 문제예요."

"네?"

손채림은 이해가 가지 않는 듯 물었다.

마이 소라는 깊은 한숨을 쉬었다.

"노 변호사님 덕분에 수많은 사람들을 구한, 일종의 후쿠시마의 희망처럼 보인 것은 사실이에요. 그런 사람이 AV를 찍으면 얼마나 팔리겠어요?"

"그게 팔린다고요?"

"그게 인간의 더러운 면이야."

자신이 추앙하는 사람이 깨끗하기를 바라면서도 또 한편으로는 타락하기를 바라는 인간의 감성.

"확실한 흥행 수표지."

"아니, 하지만 정극에 도전했잖아. 내가 알기로는 그래도 자리 잡지 않았어?"

"아…… 그게…….'"

마이 소라의 표정이 묘해졌다.

물론 자신이 노형진의 이미지 재고 작업 덕분에 정극 배우로 거듭난 것은 사실이다.

하지만 그 배후에는 또 말 못 할 부분이 있었다.

"사실은…… 그게 그다지 돈은 안 되거든요."

"네? 영화배우시잖아요?"

"일본 영화 시스템은 한국과 달라."

노형진이 말해 주자, 마이 소라는 반색을 하면서 그를 바라보았다.

어설픈 한국어로 손채림에게 설명해 주려니 도무지 힘들었기 때문이다.

"저 대신 설명 좀."

"그러지요."

노형진은 마이 소라의 말뜻을 알아듣고는 계속 이야기했다.

"기본적으로 한국에서 영화란 예술의 영역이지."

많은 자본이 들어가고, 감독이 자신의 재능을 투자하며, 배우들은 적지 않은 개런티를 받고 출연해서 연기 실력을 뽐낸다.

"하지만 일본에서는 산업의 영역이야."

"산업의 영역?"

"그래. 감독은 예술가가 아니라 노동자지."

노동자로 고용되어 월급을 받고 일한다.

촬영 내내 자율권은 거의 인정되지 않는 편이고, 당연히 편집권도 인정되지 않는다.

배우들도 문제인 게, 배우들의 개런티는 형편없다.

그래서 한국과 정반대의 현상이 되어 버린다.

한국은 배우가 뜨면 집중적으로 촬영하고 연기를 드러낼 수 있는 영화를 선호하는 반면, 일본은 뜨면 안정적으로 많은 개런티를 받을 수 있는 드라마를 선호한다.

"일본 영화 특A급 배우 출연료가 다 해도 5천이 안 넘을걸. 그에 반해 한국은 이름 좀 있는 아이돌 출신이 처음으로 출연해도 5천은 받을 거야."

"허."

"일본 영화는 망했다고 하죠."

마이 소라는 한숨을 쉬며 말했다.

"재능 있는 사람이 들어가려고 하지를 않으니까."

돈이 안 되니까.

감독도 자기 재능을 피우지 못하니까.

"딱 일본의 실사화 영화를 보면 상황을 알아."

"엉? 그 괴상한 퀄리티의 영화? 그러고 보니 이해가 안 가기는 해."

세계적으로 성공한 만화나 소설을 실사화하는 건데, 막상 일본에서 만들어지는 실사화 영화들의 퀄리티를 보면 거의 괴작 수준이다.

"실사 쪽은 그런 경향이 더 심해요. 잘나가는 아이돌이 출연하는데도 출연료가 50만 엔이었으니까요."

"으엑! 500만 원요?"

터무니없는 금액이다.

그러니 누가 제대로 촬영을 하려고 하겠는가?

CG?

그건 개소리나 마찬가지다.

그런 걸 할 수 있는 돈을 안 주니까.

"딱 오덕한테 팔아먹고 만다고 하니까."

오죽하면 일본에서조차 실사화는 한국이 훨씬 낫다고 인정한다.

실제로도 일본의 스토리로 한국에서 만든 영화들이 적지 않다.

그걸로 세계적인 영화 시상식에서 상을 받기도 하니까.

"그리고 저는 아무래도 정극이라고 하지만…… 아시죠?"

아무리 편견이 없다고 해도, 공중파에 출연하기에는 이미 지상의 문제가 좀 있다.

아예 경험이 없는 건 아니지만, 조연 이상의 자리를 차지할 수는 없다.

"거기에다가 연기 스타일도 문제고."

"응?"

"일본 연기는 오버가 심하고 상당히 가벼운 걸 추구해."

하지만 노형진이 본 마이 소라의 연기는 한국 같은 스타일이다.

강렬하지는 않지만 내면을 표현하는 그런 스타일.

'아마 한국이었다면 성공한 배우가 되지 않았을까?'

그럴 가능성이 높다.

그녀의 외모는 한국에서도 먹힐 만하니까.

"결국 일본 내에서는 제 정체성이 더 이상 성장할 곳이 없다는 거죠."

"그러면 예능은요? 마이 소라 씨는 그런 것도 잘할 것 같은데."

기본적으로 그녀도 마이코로서 연습했던 전력이 있는 사

람이다.

사람을 상대하는 것은 능숙할 것이다.

"너 일본 예능은 안 봤지?"

"볼 일이 없지."

"일본 예능은 한국 기준으로는 터무니없어."

"응?"

"가슴 노출 정도는 기본으로 깔고 들어가는 게 일본 예능이야."

"뭐? 말도 안 돼!"

"물론 다 그런 건 아니에요. 보통 심야 예능이 그렇지요."

마이 소라는 깊은 한숨을 쉬었고, 손채림은 그제야 마이 소라의 상황이 이해가 갔다.

"직업이 문제군요."

"네."

그녀는 전직이 핑크 무비 배우다.

그러니 예능 프로도 그쪽으로 자꾸 몰아가려고 한다는 것이다.

"그런 상황인 만큼, 예능에 나간다고 해도 정적인 일반 예능에서는 힘쓰지 못할 가능성이 높아."

애초에 소속사가 그런 건 잡아 주지도 않을 것이다.

그들의 목표는 마이 소라가 AV를 찍도록 만들어 주는 것이니까.

"끄응, 그래도 이건 문제기 심각한데."

노형진은 고민하다가 사실대로 말하기로 했다.

"전에도 말했지만 한국으로 망명하는 건 힘들 겁니다."

"어째서요?"

"일단 한국은 현재 친일 정권입니다. 즉, 마이 소라 씨가 망명을 신청하는 순간 야쿠자는 일본 정치권에 압력을 행사할 테고, 정치권은 망명을 막을 겁니다."

마이 소라는 눈을 찌푸렸다.

말도 안 되는 상상 같기는 하지만, 그녀가 보기에는 충분히 가능한 시나리오다.

"그리고 그게 아니라고 해도, 한국은 망명에 대해 상당히 보수적입니다."

"그런가요?"

"그리고 선례가 좋지 않습니다."

"선례가 좋지 않다?"

"네."

"어째서요?"

"마이 소라 씨가 망명하면 다른 여배우들은 어떻게 할까요? 그녀들도 망명을 하려고 하지 않을까요? 문제는, 그녀들은 뚜렷한 피해를 입지 않았다는 겁니다."

"아……."

"확실히 마이 소라 씨는 망명이 가능한 대상자이기는 합니다."

망명이 오로지 정치적인 이유로만 되는 것은 아니다.

말 그대로 생명의 위협을 느끼면 할 수 있다.

일례로 러시아에서 한국으로 망명한 모자가 있는데, 정치적 탄압이 아니라 생명의 위협 때문이었다.

"어머니가 러시아 백인 여성인데 아버지가 흑인인지라, 아들도 반은 흑인이었거든요."

"아…… 그래요?"

"어, 그런 일이 있었어?"

"그래. 아버지는 사고로 죽었어."

그런데 러시아는 극단적 국수주의가 판치는 나라다.

이민자에 대한 집단 린치가 서슴지 않고 벌어지는 나라다.

"그래서 아들의 목숨까지 위험해서, 한국에 망명을 신청했고 인정되었지."

"그건 다행이네요."

"문제는 마이 소라 씨는 그런 위협의 대상으로 인정되지만, 후배들은 아니라는 겁니다."

더군다나 같은 이유로 수백 명을 망명시킬 수는 없다.

"망명할 수는 있겠지만, 그 순간 일본에는 못 갑니다. 그리고 그녀들을 구할 수도 없죠."

"그런…….."

입술을 깨무는 마이 소라.

자신이 그렇게까지 버티는 이유는 자신 같은 피해자가 더 이상 발생하지 않게 하기 위해서다.

　그런데 오히려 구할 수 없게 된다니.

　"그러니 차라리 이민을 하시죠."

　일단 한국으로 이민을 오면 아무리 야쿠자라고 해도 섣불리 움직일 수 없다.

　"하지만 그런다고 저를 놔줄까요?"

　"혼자라면 안 놔주겠지요."

　"그럼……."

　"하지만 든든한 뒷배경이 있다면 건드리지 못할 겁니다."

　"네?"

　"야쿠자는 기본적으로 일본 경제와 밀접한 관계가 있습니다. 그리고 그게 약점이 되지요."

　"네? 이해가 안 가는데요."

　"완전히 불법적으로 움직이는 데에는 한계가 있다는 겁니다."

　사람을 죽이는 건 어려운 일이 아니다.

　하지만 그 대상이 일본 경제에 영향을 미칠 수 있는 사람이라면, 야쿠자라고 해도 섣불리 움직일 수 없다.

　자신들이 후원하는 정치인들에게 타격이 가기 때문이다.

　"브라질이나 그쪽의 갱단과는 좀 다르지."

　아주 친밀하기 때문에 도리어 정치권의 약점이 그들의 약점이 된 상황.

　"하지만 그만한 사람이 누가 있을까요?"

"있습니다. 아주 적당한 사람이요. 물론 그 사람이 할지는 모르겠지만."

노형진은 어깨를 으쓱하면서 말했다.

"어쩌면 이게 기회가 될 수도 있겠지요. 마이 소라 씨나 저한테는 말이지요."

⚖

"뭐?"

노형진의 말에 유민택은 어리둥절했다.

"그러니까 일본의 AV 배우들을 한국에서 고용하자고?"

"네, 물론 자발적으로 원하는 경우에요."

유민택은 이해가 가지 않았다.

"그들을 고용해서 어쩌자고?"

"슬슬 인터넷 방송국의 규모를 늘릴 때가 되어 간다는 거죠."

"으음……."

유민택은 섣불리 가부를 결정하기 전에 일단 말을 아꼈다.

확실히 인터넷 방송국은 성공적으로 자리를 잡았다.

하지만 일본 진출은 생각도 못 했던 일이다.

"도대체 일본은 가서 뭐 하게? 의미가 없잖나?"

"전에 본진을 털자고 하지 않았습니까?"

"그랬지."

대동의 본진은 일본이다.

당연히 그들을 털기 위해서는 일본에 진출해야 한다.

"그렇다고 해도 여전히 이해가 안 가는데. AV 출신들을 데리고 뭘 하려고? 지금 우리가 종편에 팔고 수익을 내고 있지만 말일세, 일본에는 사 갈 만한 회사가 없어."

새로 방송국이 생긴 것도 아니고 말이다.

하지만 노형진은 다르게 생각했다.

'좀 서두르는 감이 없지 않아 있기는 하지만, 어쩔 수 없지.'

노형진은 그걸 팔 곳을 알고 있었다.

그리고 그때가 2년 후에 온다는 것도.

사실 그때를 대비하려면 슬슬 준비해야 하는 시점인 것은 맞다.

'차라리 계획을 좀 바꾸자.'

공급이 아니라 아예 통째로 넘기는 걸로 말이다.

"네트웍플러스라는 곳 아십니까?"

"그건 뭔데?"

"인터넷 방송국입니다. 사실 제가 말씀드린 인터넷 방송국의 아이디어는 네트웍플러스에서 온 거죠."

"그래? 자네의 독창적인 아이디어인 줄 알았는데."

"아이디어 자체는 네트웍플러스에서 따온 겁니다. 전략은 제가 짠 거지만."

"흠…… 그래?"

네트웍플러스는 미국에서 시작된 인터넷 프로그램 사이트다.

미래에는 만화에서부터 영화, 예능까지 많은 프로그램을 가지고 기존 매체를 압살하는 위력을 가지게 된다.

"그런데?"

"그들의 문제는, 아시아 프로그램이 전혀 없다는 겁니다."

현재 네트웍플러스는 북아프리카와 유럽 등지에서 서비스되고 있다.

'그리고 2년 후 그들이 들어온다.'

한국과 일본에 직접 들어온다.

하지만 그들은 초기에 제대로 된 성장을 하지 못한다.

그럴 수밖에 없다.

한국과 일본의 프로그램이 없었으니까.

'거기에다가 기존 방송국에서 프로그램을 제공하지도 않았지.'

명백하게 강력한 라이벌이니.

"현재 네트웍플러스의 유료 고객은 1억 명입니다. 하지만 아시아 쪽은 거의 없지요."

"뭐어?"

유민택은 깜짝 놀랐다.

그 정도로 유료 고객이 많은 줄은 몰랐던 것이다.

"거기에다 월 정액제죠."

1억 명이 매달 일정 금액을 낸다는 것.

유민택은 정신이 번쩍 들었다.

대룡이 운영하는 대룡인터넷방송국은 지금까지 광고비에서 수익을 내고 있다.

"제 계획은 그겁니다. 그들은 아직 일본과 한국에 진출하지 않았습니다. 그러니 우리가 그걸 선점하는 거죠."

이쪽 시장에 진출할 걸 알고 있으니, 미리 같은 시스템 구조를 만든다.

그 경우 네트웍플러스는 이쪽을 꺾든가 아니면 협상을 통해 회사를 구입해야 한다.

"으음……."

유민택은 생각지도 못한 계획에 깜짝 놀랐다.

"그리고 그러기 위해서는, 우리가 자체적으로 프로그램을 공급할 수 있는 구조를 만들어야 합니다."

"그렇지."

회사를 팔 때 중요한 것은 상품성이다.

그냥 이름만 올려 두면 의미가 없다.

프로그램을 만들 수 있는 자격을 차지해야 한다.

"우리가 그걸 미리 확보해 둔다라……."

"네."

자신들이 만들어서 제작하고 쌓아 두면, 네트웍플러스 입장에서는 양질의 콘텐츠를 확보함과 동시에 이미 있는 유통망을 집어삼킬 수 있다.

당연히 대룡은 어마어마하게 비싼 돈을 주고 유통망을 판매할 수 있게 되고.

"으음."

유민택은 머릿속으로 열심히 구상을 했다.

물론 그가 가진 정보에는 한계가 있다.

하지만 여러 가지 가능성을 따져 보면…….

'가능성이 있다.'

기업을 키워서 팔아먹는 것은 업계에서야 흔하게 있는 일이다.

그게 딱히 나쁜 것도 아니고.

"대신에 우리도 조건을 달아야겠지요. 가령 인터넷 프로그램 업체는 우리와 독점 계약을 한다든가 하는 걸로요."

"그러면 경쟁 업체가 생기지 않겠군."

"네."

제대로 협상을 해서 아시아 제작 협상을 따낼 수 있다면, 아마 대룡은 아시아에서 어마어마한 위력을 가지게 될 것이다.

"네트워크플러스가 망할 수도 있겠지만, 제작 업체는 망하기 힘들죠."

"그걸 단순히 그 마이 뭐시기 하는 배우한테 듣고 생각해 낸 거라고? 자네, 사실은 미래에서 온 거 아닌가?"

노형진은 씩 웃었다.

틀린 말은 아니니까.

"그건 아닙니다. 다만 예상하고 있으니까 미리 준비를 하고 있었던 거죠. 애초에 예상하지 않았다면 인터넷 업체를 만들겠습니까?"

"그건 그렇군."

"다만 마이 소라 씨한테서 일본 공략의 힌트를 얻은 것은 사실입니다."

"일본 공략?"

"네."

노형진은 고개를 끄덕거렸다.

"일본의 프로그램은 질이 상대적으로 낮은 편입니다. 정확하게는, 구성 부분이 상당히 약하죠."

그래픽이나 무대 같은 건 잘 만든다.

사실 어떤 면에서는 한국보다 훨씬 나은 편이다.

당장 한국에서 도입하지 못한 가상현실을 이용한 음악 방송을 해 주는 게 일본이다.

"하지만 작가진이 무척이나 얇습니다."

개개인의 성향을 극단적으로 억누르는 것이 일본이다.

그렇다 보니 개개인이 예술적인 부분을 발휘하지 못한다.

물론 일본에도 예술가가 없는 건 아니다.

문제는 성공하면 그에게 터치하지 않지만, 실패하면 봐주지 않는다는 거다.

"한국의 드라마국과 비슷한 거죠. 하지만 일본 문화에는 저항이라는 게 없지요."

"무슨 뜻인지 알겠네."

한국의 드라마는 한때 불륜, 고부 갈등, 삼각관계 빼고 나면 남는 게 없었다.

그만큼 자극적인 소재에 기대어 시청률을 뽑아냈다.

표적이 오로지 한국의 아줌마들로 고정되었으니까.

"하지만 지금은 아니죠. 전 세계를 노리니까요."

"그렇지."

"그런 걸 '문화적 갈라파고스화'라고 합니다."

완전히 고립된 공간 안에서 자기들이 정한 기준에만 맞추려고 하는 것.

사실 일본은 그런 문화적 갈라파고스화가 심각하게 진행되었다.

그게 한때 문화 강국이었던 일본의 문화를 고사시키고 있었고.

일본은 자기들 기준에서 벗어난 작품은 만들지 않는다.

"한국 작가들의 역량은 뛰어납니다. 그걸 제대로 활용할 수 있다면, 충분히 일본 진출이 가능합니다."

"하지만 우리가 만든 프로그램을 과연 일본 방송에서 틀어 줄까?"

"그건 모릅니다. 틀어 주면 좋고, 아니면 그만이지요."

"아니면 그만이라고?"

"네."

"어째서?"

"일본 문화의 갈라파고스화가 이루어진 다른 큰 이유가 뭔지 아십니까?"

"글쎄, 모르겠는데."

"일본은 인터넷 상황이 안 좋습니다."

"뭐?"

"인터넷을 사용할 때 가격이 터무니없이 비싼 편입니다. 거기에다 공식적으로 인정하진 않지만, 조금만 사용량이 많아져도 회사 측에서 임의로 제한을 걸어 버리는 경우가 많다고 하더군요."

"설마?"

일본쯤 되는 나라가 그 정도로 인터넷이 후진적이라는 것이, 유민택은 이해가 가지 않았다.

그래도 선진국에 들어가는 나라가 아닌가?

그런 그의 표정에 노형진은 피식 웃으며 말했다.

그것만이 아니었으니까.

"일본은 아직도 핸드폰의 문자가 타 통신사로 발신되지 않습니다."

"문자가 안 된다고?"

"네. 그래서 일본 드라마의 인물들이 메일 주소를 교환하는 겁니다."

핸드폰 번호를 달라고 하는 게 아니라 메일 주소를 달라고 하는 이유.

그것은 각 통신사들이 서로 문자를 주고받을 수 없기 때문 이다.

오죽하면 미래에 인터넷 메신저가 등장하자 일본 통신사들이 견제를 위해 내린 특단의 조치가, 통신사 간의 문자 발신이 가능하도록 한 것일 정도다.

"일본은 선진국이 맞기는 합니다. 하지만 극단적 자본주의와 봉건제가 합쳐진, 괴상한 형태의 민주주의를 운영하죠. 오죽하면 유사 민주주의라고 하겠습니까?"

"그거랑 인터넷이랑 뭔 관계인데?"

"봉건제에서는 주인이 이득을 독식하지요. 그렇다면 자본주의와 결합하면, 주인이 누구겠습니까?"

유민택은 상황을 알 것 같았다.

"돈을 가진 자로군."

"네, 맞습니다."

돈을 가진 자가 이익을 독식하는 구조.

즉, 모든 시스템이 돈을 가진 기업 위주로 되어 있다.

그렇다 보니 개개인의 불편은 그다지 감안할 것이 아니다.

그러니 그런 말도 안 되는 얼토당토않은 구조가 나오는 것이다.

"드라마 그거, 몇십 기가짜리 받아 보려면 시간이 얼마나 걸릴까요?"

미국 드라마 시리즈 하나라도 받아서 보려고 하면 한 번에 많은 용량을 사용해야 하는데, 그러면 회사에서는 속도를 제한해 버릴 테니 50분짜리 드라마 하나를 받는 데 서너 시간씩 걸릴 수도 있다.

"으음, 그러면 어디 팔 곳이 없지 않나?"

"이가 없으면 잇몸이라고 하지요. 그게 끝이라면 일본에 한류가 생겼을 리 없지요."

일본에는 대신에 비디오 대여점이 많다.

그것도 엄청나게 많다.

그래서 그곳을 통해 비디오를 본다.

"대여점이 아무리 많아도 그뿐이지 않나? 그걸 가지고 유지할 정도의 수익이 날 리가?"

유민택은 고개를 갸웃했다.

지금이야 대부분 사라졌지만, 한국에도 비디오 대여점이 있었다.

그리고 그곳에서 한 번 구매해 가면 계속 돌려서 대여하기 때문에, 콘텐츠 제작자는 사실 큰 수익을 남기기 힘들었다.

"한국에 있던 옛날 대여점과는 좀 다릅니다."

"달라?"

"네, 많이 다릅니다. 한국의 대여점은 대여점주가 물건을 구입한 후 소유권을 가지고 대여합니다. 그래서 말이 많았지요. 불법이냐 합법이냐 논란도 많았고요. 지금도 마찬가지이기는 합니다만."

"왜? 그건 흔하게 있던 가게 아닌가?"

"관련 법도 없었거든요. 그래서 저작권법 위반의 소지가 있었습니다."

그 말에 유민택은 깜짝 놀랐다.

그게 저작권 위반이라니.

저작권은 단 하나의 권리를 지칭하는 말이 아니다.

작품을 유통하는 유지권이나 그걸 유통시킬 자격인 유통권 같은 걸로 구분된다.

그런데 대여점이라는 것은 유통권에 대한 침해가 기본으로 깔려 있다.

정부는 그걸 해결하기가 어렵다는 이유로 수십 년째 방치하고 있는 상황이고 말이다.

"뭐? 그게 법이 없었어?"

"네."

사람들의 상식과 다르게 관련 법이 전혀 없는 것이 대여점 시스템이라는 것이었다.

"하지만 일본은 다릅니다. 일본은 대여점에서 나갈 때마다 일정량의 개런티가 부여됩니다. 한국에서 음악을 틀면 음악 저작권협회에다가 돈을 내는 것처럼 말입니다."

"확실히 우리와는 다르군. 즉, 대여점에 들어가서 지속적으로 공급할 수 있다면 수익이 지속적으로 난다는 거군."

유민택은 그 부분이 마음에 든다는 듯 고개를 끄덕거렸다.

지속적 수익.

기업을 하는 입장에 가장 환영하는 부분이었다.

"그러니 비디오 대여점을 공략함과 동시에 배달 서비스를 하는 겁니다."

"배달? 무슨 배달?"

"사실 미국과 일본은 어떤 면에서는 비슷하거든요."

미국은 인터넷 회선의 서비스 상태가 개판인 경우가 많다.

그래서 영화 하나 받는 데 두 시간씩 걸리는 경우도 많고.

"다행히 일본은 도심지화가 되어 있지요."

한 지역에서 배달 시스템을 만들고, 그들의 주문에 따라 배달을 한다.

정해진 시간에 배달하고, 그들이 다 봤다고 하면 다음 작품으로 교환해 준다.

도심 지역에 배달 시스템이 구축되면 한 지역에서 인력이 많이 들어가지 않는다.

택배처럼 직접 건네줘야 하는 물건이 아니니까.

요즘 나오는 대부분의 영상 기기는 USB를 지원한다.

요즘의 USB는 용량도 충분하니 영상물을 옮기는 데 문제가 없다.

보안 문제도, 개개인이 설정한 비번을 USB에 거는 것은 어려운 일이 아니다.

누군가 가지고 가 봐야 그걸 보기 위해서는 보안을 뚫어야 한다는 건데. 그렇게까지 하면서 훔칠 이유가 없다.

"네트웍플러스가 일본에 진출하기 위해서는 그 시스템이 필요하지요. 결국 그들 역시 일본에 진출하기 위해서는 우리와 똑같은 문제점에 부딪힐 수밖에 없을 테니까요. 더군다나 인터넷 방송이기 때문에, 기업에서 사용량에 따라 심하게 인터넷 속도를 터치하는 일본에서는 치명적 한계를 가질 수밖에 없으니 그들도 다른 대책을 세워야 합니다. 기업 입장에서는 새로 판매 라인을 만드는 것보다는 기존 판매 라인을 사는 게 훨씬 빠르고 안전한 법이지요."

그 말을 들은 유민택은 머리가 환해지는 느낌이었다.

"일본 방송은 질로 압도하고, 미국 방송은 선점으로 압도한다 이거군!"

대동의 목표는 한국에 대한 경제적 침략이다.

그에 대항해서, 대룡은 일본에 문화 침략을 하겠다는 계획.

이것이 노형진의 계획이었다.

"그렇습니다. 한국의 연예계에서 대룡의 힘은 충분히 강합니다. 이제는 슬슬 본진을 털어야지요."

한국에서 제작해서 일본으로 가는 프로그램인 만큼, 대동은 거기에 손쓰지 못한다.

그리고 그런 프로그램을 본 사람들은 알게 모르게 친한파가 될 수밖에 없다.

"수익도 나쁘지 않을 테고."

조금 적자를 봐도 상관없다.

네트워크플러스가 일본에 진출하기 위해서는, 어쩔 수 없이 선점한 회사를 구입해야 할 테니까.

"원래 일본 진출은 한국을 먼저 정리하고 하려고 했습니다 만……."

상황이 돌변했으니 계획도 바뀌어야 한다.

"그리고 우리는 그들을 데리고 오면서 취업 비자로 바꾸면 됩니다."

"취업 비자로 한국에 오면 확실히 자리 잡기 편하지."

일본에서 뭐라고 할 수도 없고 말이다.

물론 소속사들의 문제가 있기는 하지만, 계약 기간이 끝났 다면 그냥 데리고 오면 그만이고 아니라면 이적료를 주고 데 리고 오면 된다.

"네트워크플러스라……. 이해는 하겠어. 하지만 말이야, 여 전히 이해가 안 가는 게 있네. 굳이 일본에서 AV 배우를 데 리고 와야 하는 이유가 뭔가?"

"홍보죠."

"홍보?"

"한국 프로그램으로 일본에 진출하는 건 한계가 있지 않습 니까?"

"그건 그렇지."

기본적으로 인터넷 방송에 나오는 사람들은 무명에 가깝다.

무명에게 기대를 낮추려고 하는 것도 있지만 최대한 단가를 낮추려고 하기 때문이다.

"하지만 일본은 그게 안 먹힐 겁니다. 그렇다고 유명한 사람들을 데리고 시작하면 돈이 문제가 되겠지요. 서로 결탁이 심한 일본의 구조상, 유명한 사람들이 올 가능성도 낮고요."

"으음……."

"하지만 유명하면서도 싼 사람들이 있지 않습니까?"

노형진의 말에 유민택은 씁쓸한 표정이 되었다.

유명하기는 할 것이다.

한국에서든 일본에서든 말이다.

오죽하면 인터넷에, 한국 남자들의 아래는 친일파라는 농담이 있을 정도다.

한국이 그 정도이니 일본은 더할 테고.

"홍보 자체는 잘될 겁니다."

"문제는 퀄리티군."

물론 실력이 없는 사람들은 배제해야 하겠지만 말이다.

"하지만 그들을 데리고 방송 촬영을 한다고 해도, 과연 그게 효과가 있을지……."

"효과를 만들어야지요."

"어떻게?"

노형진은 그저 씩 웃을 뿐이었다.

⚖️

"미쳤네. 아니, 경쟁률이 1,800 대 1?"

손채림은 쭉쭉 올라가는 경쟁률을 보고 기가 차서 말문이 막힐 지경이었다.

"콘셉트 자체는 단순한 거 아냐? 그런데 이런 경쟁률이 나온다고?"

노형진은 유민택의 지원을 받아서 바로 움직였다.

허가를 받는 것은 어려운 일이 아니었다.

다행히 계약이 끝난 사람들이 있었던 것.

정확하게 보자면, 상품 가치가 떨어져서 버려졌다는 표현이 맞는 것이겠지만.

콘셉트 자체도 흔하디흔하다.

여배우가 남자와 파트너를 맺어서 여행을 다니면서 게임을 한다는, 오래된 콘셉트.

"호기심이지."

"호기심?"

"그래. 사실 남자들을 대상으로 하는 거잖아. 그렇다 보니 호기심이 생기는 거지."

영상으로밖에 보지 못한 사람들을 실제로 본다는 그런 호기심.

"음……."

"왜?"

그런데 의외로 표정이 좋지 않은 손채림.

"아니, 좀 그러네. 뭐랄까…… 기분이 아주 깨끗하지는 않다고 해야 하나?"

노형진은 고개를 끄덕거렸다.

"그런 기분이 들 수밖에 없지. 어둠의 세계에 있는 것. 사람들이 쉬쉬하는 것. 그게 외부로 나오려고 하면 대부분의 사람들이 다 그런 기분을 느낄걸. 그게 딱히 이상한 건 아니야. 조폭들이 양성화한다고 해서 그들이 조폭이 아닌 건 아니잖아."

"그래?"

"그래. 포르노는 음지의 문화야. 거기서 벗어나기 위해 양지로 나온다고 해도, 그게 좋게 보일 리 없거든."

그건 당연한 거다.

일부 반대가 심한 사람들은 아마 경기를 일으킬 것이다.

"세상천지에 포르노를 좋게 보는 사람은 없으니까."

"그런데 그걸 한다고?"

"노이즈 마케팅이라는 게 그런 거야."

빠르게 성장하기 위해서는 일단 이름을 알리는 게 우선이다.

노이즈 마케팅을 하게 되면 사람들에게 빠르게 알려질 수밖에 없다.

"아마 이게 시작되면 은퇴했던 사람들도 이쪽으로 넘어오려고 하겠지."

"그게 도움이 된다고?"

"생각해 봐. 네트웍플러스의 시청자는 1억 명이야. 보통 이런 걸 신청하는 사람들은 남자가 더 많아. 아마 7천만 명 정도가 남자일걸. 그들이 이런 프로그램을 안다면, 궁금하지 않을까?"

그중 10%만 본다고 해도 무려 700만 명의 시청자가 보는 셈이다.

700만 명의 시청자를 데리고 오는 배우는 흔하지 않다.

"아…… 이해는 가는데…….."

손채림은 머리를 긁었다.

"이런 게 노이즈 마케팅이야."

고의적으로 분란을 일으켜서 단시간 내에 이름을 알리는 것.

"2년 후에 네트웍플러스에 팔아먹기 위해서는 이쪽의 이름을 가능한 한 널리 알려야 해. 이름이 널리 알려져 있을수록 비싸지니까."

"쩝."

"전에 말했지만, 변호사 노릇 하면서 깨끗한 일만 할 수는 없어."

때로는 고의로 분란을 일으키기도 하면서 사람들의 관심

을 이끌어 내야 한다.

"그리고 이게 유명해질수록 사람들은 우리 쪽 프로그램을 보려고 하겠지."

"하지만 이게 이슈를 탈까?"

"응?"

"아니, 좀…… 그렇잖아. 일단 이걸 보는 남자들이야 관심을 가지겠지만."

노형진은 고개를 끄덕거렸다.

관심을 가지는 남자들이 많다고 해도, 그건 어디까지나 소수일 뿐이다.

경쟁률은 1,800 대 1이지만 사실 출연하는 출연자가 네 명뿐이니 다 해 봐야 1만 명도 안 된다.

그들이 다 보는 것도 아닐 테고, 출연할 생각도 없으면서 일단 신청해 본 사람도 있을 테니까.

"걱정하지 마. 너처럼 생각하는 사람들이 또 있을 거거든."

"응?"

"홍보해 줄 사람들은 또 있어. 그것도 공짜로 말이야."

노형진은 씩 웃었다.

이것이 바로 노이즈 마케팅

손채림은 대신 광고해 줄 사람이 있다는 노형진의 말을 이해하지 못했다. 하지만 발표한 지 얼마 되지 않아서 들고일어나는 단체를 보면서 노형진의 계획이 얼마나 치밀한지 알았다.

"저 아줌마들이었어?"

"그래."

전국어머니발전협회를 비롯한 소위 학부모 단체라는 곳들이 대대적으로 항의 성명을 발표하고 난리가 났던 것.

그리고 기자들은 그걸 잽싸게 물어다가 기사로 작성하여 퍼 날랐다.

—포르노 배우들을 데려다가 일반 출연자로 써먹는다는 건 참으

로 못된 짓입니다. 아동들의 교육에 지대한 악영향을 끼칠 뿐 아니라, 사회 상규로도 용납이 되지 않는 죄악입니다.

　열변을 토하는 아줌마를 보면서 손채림은 혀를 끌끌 찼다.
　"이럴 줄 안 거야?"
　"알았지. 저런 단체들은 현실에서 시선을 돌리면 그게 존재하지 않는다고 생각하거든."
　여성이 포르노 업계로 가는 이유는 많다.
　돈이 필요해서, 협박에 의해서, 자의에 의해서.
　현실적으로 그들은 존재하고, 또 없애는 데 한계가 있는 게 사실이다.
　인간이 가진 직업 중 가장 오래된 것이 매춘이다.
　포르노는 그런 매춘의 확장판이고.
　부정한다고 해서 그게 없어지지는 않는다.
　"만일 없애고 싶다면, 사회적인 안정 시스템을 만들면 되는 거야."
　자신의 처지가 안정되면 돈 때문에 거기에 갈 일이 없고, 법이 엄중하게 집행되고 개개인을 보호한다면 거기에 끌려갈 이유가 없다.
　"하지만 그건 사회적으로 힘들지. 그러니까 대신 눈을 돌리는 거야. 이런 건 더러운 거다, 인정할 수 없다면서."
　"쩝."

"그게 사회운동의 한계야. 고치자고 부르짖으면 뭐 해, 근본적인 문제를 해결하지 못하는데? 사실 내가 하는 게 오히려 더 근본적으로 해결하려는 행동이지."

만일 이 시스템이 정립된다면 일본 문화를 집어삼킬 수 있게 될 테고, 어느 정도 영향력이 쌓이면 그쪽에 압박을 가할 수도 있을 것이다.

"하지만 접촉하는 것도 부정하다고 보는 거지. 아니, 생각해 봐. 그게 애들 교육이랑 무슨 관계가 있어? 자기 아들이 야동 하나 안 보는 줄 아는가 봐?"

노형진은 피식거리면서 웃었다.

"과연 한국에 그런 중고생이 있을까?"

쉬쉬할 뿐이지, 단 한 번도 안 본 사람이 과연 있을지 의문이기는 하다.

"인간은 말이 아니잖아."

"그건 그렇지. 무슨 말인지 알겠다."

말을 타고 달릴 때, 말의 눈 양옆을 검은색 판으로 가린다.

시야를 좁게 해서 앞으로만 달리게 만들기 위해서다.

하지만 인간은 말이 아니다.

양옆을 가린다고 해서 앞만 보고 달리지 않는다.

호르몬이 미쳐 날뛰는 청소년들이, 검은 판으로 가려져 있다고 과연 양옆으로 고개를 돌리지 않고 앞으로만 달릴까?

그런 아이들은 10만 명 중 한 명이나 될까 말까다.

"그리고 교육적으로 보면, 차라리 툭 까고 말하는 게 더 좋아."

좋아서 하는 게 아니다. 야쿠자의 협박에 못 이겨서 그런 걸 찍는 거라고 사람들에게 알리는 게 교육적으로 더 맞는 거지, 저건 더러운 거니까 보면 안 된다고 말해 봐야 효과도 없다.

진실을 알려 주고 그들을 사람으로 인정하고 그들이 피해 자라는 점을 각인시킨다면, 더 이상 그들을 단순한 성욕의 대상으로 바라볼 수는 없을 테니까.

"하지만 덕분에 관심을 끌어모으기는 했는데."

언론에서 열심히 그들의 말을 옮겨 준 덕분에 황당하게도 인터넷 방송국은 어느 때보다 폭발적인 성장을 하고 있는 상황이었다.

회원 가입자들이 어느 때보다 빠르게 늘어나고 있었던 것.

그리고 그럴수록 일부 단체들은 거품을 물면서 악마라도 강림한다는 듯이 행동했다.

그래도 그들은 이해가 갔다.

그런데 이상하게도 공중파는 그 기사를 메인으로 장식하면서, 마치 인터넷 방송이 한국 방송 문화를 망가트리는 양 주장했다.

"이해가 안 가네. 꼭 저래야 하는 거야?"

자극적인 프로그램이 있는 것도 아니다.

그들이 일본 성인물에서 활동하던 배우라는 것만 빼면 프로그램의 콘셉트나 방향은 무난한 수준이었고, 그 과정에서 뭐 이상한 행동이나 성행위를 조장할 만한 행위도 하지 않았다.

"원래 인간이 생각하는 객관적인 것은 주관적인 거거든."

"응? 그게 뭔 소리야?"

"사람들은 객관적으로 생각해 보라고 하지만, 사실 모든 객관은 주관이 뭉쳐서 만들어지는 거 아냐?"

객관적으로 말하면 살인은 절대 해서는 안 되는 행동이다.

하지만 전쟁터에서 살인은 추앙받는 행동이다.

적을 많이 죽일수록 영웅이 된다.

"게다가 과거에 종교에서는 살인을 권하기도 했지. 순장 같은 것도 했고."

"그건 그렇지."

"물론 살인 자체는 나쁜 거야. 하지만 그건 개개인이 그렇게 생각하기 때문이기도 해."

"그러니까 네가 하는 말은, 저 사람들이 자기들의 생각이 일반적으로 보편타당하다고 생각해서 저런다는 거야?"

"그렇지."

그리고 그게 그들의 신념이 된다.

그런데 신념이 되는 순간, 그들은 그게 올바른지 그른지 판단하지 않는다.

오로지 그걸 따르고 집행하려고만 한다.

"하지만 그럴수록 우리한테 유리하다는 걸 모르는 거지."

이슈가 될수록 사람들은 거기에 관심을 가진다.

아예 관심이 없던 사람들도, 한번 구경이나 해 보자는 심정으로 접근한다.

"그리고 어떤 면에서는 공중파 방송보다 인터넷 방송이 훨씬 재미있거든."

"그건 인정해. 공중파는 뭐랄까…… 고인물이라고 해야 하나."

"아무래도 시스템화되어 있는 기업들의 한계지. 오죽하면 종편이 더 재미있다는 소리가 나오겠어?"

종편이 생길 때, 사람들은 정치적이라고 싫어했다.

물론 정치적인 면이 있는 것은 사실이다.

"하지만 예능의 경우, 정해진 틀이라는 게 없거든."

예능이나 드라마의 경우 종편은 고인물.

그러니까 그걸 결정하는 국장들의 힘이 약하다.

대부분 새로 시작하는 사람들이니까.

그렇다 보니 틀이 없는 참신한 예능이나 주제의 드라마가 나오고 그게 적지 않은 히트를 하고 있었다.

"하긴, 그러네."

손채림도 고개를 끄덕거렸다.

많은 여자들이 그러하듯 그녀도 드라마를 본다.

그런데 공중파의 드라마는 대부분 정해진 주제를 따라간다.

좋게 말하면 가족 드라마다.

새로운 가족의 개념과 가족 간의 관계를 재조명하는 어쩌고 하면서 포장을 하지만, 막상 방송을 시작하면 언제나 고부 갈등에 삼각관계로 여자 뒤통수치는 나쁜 남자들 이야기다.

"판타지 드라마는 종편이 훨씬 잘나가지. 그러니까 저들이 겁을 먹는 거야."

이슈성에서는 이쪽이 압도적으로 유리하다.

그리고 예능이라면 연기력이 크게 필요하지 않다.

"거기에다 인터넷 방송은 아직 공중파처럼 정부 정책의 영향을 받는 게 아니지. 안 그래도 종편이라는 강력한 라이벌이 등장해서 똥줄 타는 방송국이, 기분이 어떻겠어?"

"오오, 그렇구나."

종편이야 정부에서 밀어주는 것이니 싫다는 소리를 못 했겠지만, 이건 다르다.

그러니 물어뜯기 시작한 것.

"사실 이런 경우에 상대방에게 가장 큰 타격을 입히는 것은 입을 다무는 거야. 절대 주변에 알려지지 않도록 말이지. 하지만 그게 불가능하다 보니 결국 물어뜯는 수밖에 없는 거야."

"그래서 대룡에는 비공식적으로 하라고 한 거구나."

공식적으로 인터넷 방송국 하이스카이는 대룡과는 관련이 없다.

개별의 투자자들이 모여서 만든 곳이니까.

대룡은 다른 유령 기업을 내세워서 들어왔고.

"그나저나 계속 노이즈 마케팅을 할 거야?"

노형진은 씩 웃었다.

"아직 시작도 안 했는데."

"시작도 안 했다고?"

"그래. 노이즈 마케팅이라는 게 뭔데?"

"그거야 문제를 일으켜서 광고하는 거 아니야?"

노형진은 고개를 흔들었다.

"틀린 말은 아니지만 맞는 말도 아니야."

노이즈는 잘못된 행동이라는 뜻이 아니다.

말 그대로 잡음이다.

물론 잡음이라는 게 좋은 것은 아니다.

하지만 꼭 나쁜 것도 아니다.

"잡음이라는 것은 여러 가지 말이 나오는 것을 뜻하거든. 그리고 난 이제 여러 가지 말이 나오게 할 거야."

"어떤 식으로?"

"가령 이번에는…… 여성 단체를 건드려 볼까 해."

"여성 단체?"

"그래. 학부모 단체랑 여성 단체가 서로 싸우면 볼만하지 않겠어?"

"허?"

노형진의 말에 손채림은 눈을 크게 뜨고 바라볼 수밖에 없었다.

일반적으로 그런 경우는 없었으니까.

"그게 가능해?"

"가능해."

노형진은 씩 웃었다.

"인간은 자신이 정의라고 생각하거든."

⚖️

"일본에서 제작된 영상을 모조리 구입해서 폐기하겠다고요?"

마이 소라는 노형진의 말에 당혹스럽다는 듯 말했다.

"그게 가능해요?"

하이스카이에서 데뷔한 사람들, 그들은 일본에서 성인물에 출연한 전적이 있는 사람들이다.

당연히 그들의 영상은 평생을 따라다니면서 문제를 야기할 것이다.

그게 그들이 공중파로 가지 못하는 가장 큰 이유이고.

"불가능하겠지요. 아니, 불가능합니다. 우리가 전 세계 컴퓨터의 하드디스크를 모두 뒤질 수는 없으니까요."

거기에다 일본은 그런 상품이 정식으로 유통되는 나라다.

그런 유통된 상품을 소장하고 있는 사람이 폐기하지 않는 이상, 수십 년이 지난 후에 갑자기 툭 튀어나올 수도 있는 일이다.

"중요한 건 이슈죠."

"이슈?"

"네. 저는 이번 일에 여성 단체를 끼워 넣을 생각입니다."

"전 이해가 안 가는군요."

여성 단체와 이번 일이 무슨 관계가 있단 말인가?

하지만 노형진이 이야기를 시작하자 마이 소라는 놀라움을 금치 못했다.

"그분들이 야쿠자의 폭력으로 어쩔 수 없이 성인물을 촬영한 건 마이 소라 씨가 가장 잘 아실 겁니다."

"그렇지요."

고개를 끄덕거리는 마이 소라.

"그리고 그들은 여성이지요. 여성 단체에서 가장 힘쓰는 것이, 폭력으로 인해 고통받는 여성을 도와주는 일입니다."

"그런가요? 잘 모르겠네요. 그들과 일할 기회가 없었기 때문에……."

"보통은 그렇습니다."

물론 뻘짓을 하는 여성 단체가 없는 것은 아니다.

하지만 대부분의 정상적인 여성 단체들은, 폭력이나 기타 범죄로 인해 고통받는 여성들을 위해 움직인다.

"그들과 함께 해당 영상을 삭제하는 거죠."

"그게 가능할 리가 없을 텐데요."

한국에서 불법이었다고 해도, 일본에서는 상품으로 판매된 영상들이다.

그걸 삭제해 달라고 요청받았다고 해서 야쿠자들이 네, 알겠습니다 할 리 없다.

애초에 그렇게 해 줄 인간들이었다면 야쿠자를 하고 있을 리 없으니까.

"압니다. 그래서 여성 단체를 끼워 넣은 겁니다."

"여성 단체요?"

"네, 여성 단체를 끼워 넣고 그들이 그걸 구입하게 하는 거죠."

"구입요?"

"전반적인 권리 말입니다. 사실 이제 오래된 영상은 야쿠자에게도 수익을 거의 안 주지 않습니까?"

마이 소라는 고개를 끄덕거렸다.

내용이 있는 드라마나 영화도 아니고, 매년 수많은 영상이 새롭게 나온다.

어떤 면에서는 일본 영화보다 더 많이 나오는 게 그런 영상이다.

그렇다 보니 지금 은퇴해서 이쪽으로 온 사람들의 영상은 이제 오래되어서 수익이 거의 나지 않는다.

"그걸 구입한 후에 인터넷상에서 삭제하는 겁니다. 그러면 세 가지가 가능하지요."

첫 번째는 과거의 흔적을 지우는 것.

두 번째는 여성운동가들이 제대로 일한다는 이미지를 주는 것.

세 번째는 그 당시 일했던 여자들에게 피해자 프레임을 만들어 주는 것.

"으음…… 복잡하네요."

"복잡하지요. 하지만 그걸 시작하면 여성운동가들은 선택을 해야 합니다. 공식적으로 지원을 요청할 거거든요."

"공식적으로요?"

"네."

하이스카이의 이름으로 여성 단체에 도움을 요청할 것이다.

만일 거절하면, 여성 단체는 이권만 노리고 여성운동에는 관심도 없는 조직으로 추락한다.

"그러니 그들은 받아들일 수밖에 없지요."

사실 그런 일을 한다고 해도 여성운동가들 스스로가 할 일은 별로 없다. 그런 일을 전문적으로 하는 업체에 맡기는 형태가 될 테니까.

말 그대로 그들은 이름만 올리는 것이다.

"다만 자기들이 보호하게 되는 순간부터, 그들은 일부 학부모 단체나 종교 단체들의 공격에서 피해자들에게 실드를 쳐야 할 것입니다."

"아!"

노형진이 노리는 것은 궁극적으로 그것이었다.

두 집단의 충돌은 소문으로 퍼질 테고, 동시에 사람들에게 더 많은 이야기를 전해 주게 될 것이다.

"노이즈라는 것은 잡음을 뜻하지요."

그 말은, 다른 의미로 본다면 또 다른 의견일 수도 있다는 뜻이다.

아 다르고 어 다른 것이 인간의 삶이다.

누군가가 보기에는 더러운 여자일 수도 있지만, 누군가가 보기에는 기존의 폭력 조직에게 압력을 받아서 어쩔 수 없이 성인물을 촬영한 피해자들이다.

"그리고 여성 단체가 저항하기 시작하면, 아마 학부모 단체나 종교 단체는 지금처럼 거세게 공격하지 못할 겁니다."

자기들과 관련이 없는 정부나 기업을 공격하는 건 쉬운 일이다.

하지만 사회단체들은 서로 끈끈한 선을 가진 경우가 많다.

특히 여성 단체와 학부모 단체는 그런 경우가 많다.

여성 단체에서 활동하다가 결혼하고 나서 학부모 단체에 가입한 사람들도 있으니까.

"무차별적인 공격을 차단하겠다는 말씀이시군요."

"역시 똑똑하시네요."

그냥 두면 그들의 공격은 무디어질 수밖에 없다.

노이즈 마케팅은 노이즈 마케팅으로 끝나야지, 진짜 노이즈가 되어서 평생을 따라다니면 곤란하다.

적당히 알려졌을 때 잊혀야 한다.

"전에도 느낀 거지만, 노 변호사님은 광고 쪽으로 왔다고 해도 성공했을 것 같네요."

마이 소라의 말에 노형진은 씩 웃었다.

집단은 실적을 좋아한다.

정확하게 말하면, 자신의 존재를 증명하고 그걸 핑계로 돈을 받아 내는 것을 좋아한다.

"문제는, 여성 단체에 삭제 요청을 했다곤 해도 여성 단체라는 조직은 말 그대로 여성운동을 하는 사람들이라는 거지."

"그들은 영상을 삭제할 능력이 안 된다는 거지?"

"그래."

그들에게 협조를 요청하고 지원금을 주기로 했다.

그런데 문제는, 그 실적을 증명할 수 있는 방법이 없다는 거다.

"삭제야 전문가들이 하는 거고."

인터넷상에서 돌아다니는 출연자들의 음란물, 그걸 삭제하는 것은 쉬운 일이 아니다.

그건 그런 일을 전문적으로 하는 전문가 집단이 따로 있다.

"그래서 내가 협조를 요청한 거야. 그들은 자신들을 증명해야 해. 문제는 그걸 증명할 수 있는 수단이 없다는 거지."

그들이 발견해서 삭제한다?

그건 불가능하다.

이미 관련 전문가들이 활동하면서 삭제하고 있는데 그들이 발견한다는 것은 말도 안 된다.

"그런데 말이야, 삭제가 어떤 식으로 가능한 거야? 뭐, 남자들이 좋아하는 품번 같은 걸 검색하나?"

"풋! 그건 또 어디서 알았어?"

"오올, 노형진? 본 건가?"

"아니, 봤다기보다는, 흠흠."

사실 한국 사람들, 아니 한국 남자들이 야동을 안 봤다고 말하기가 더 힘들지 않을까?

노형진은 헛기침을 했고, 손채림은 그런 그를 보면서 살짝 웃어 줬다.

그리고 슬쩍 말을 돌렸다.

"출연자나 품번으로는 검색하는 데 한계가 있잖아. 그런 걸 검색해서 삭제할 정도면 어려운 일도 아닐 테고, 사실 그런 거야 제목만 바꾸면 속이는 게 어려운 것도 아니니까."

"흠흠, 그건 그렇지."

"그런데 어떤 식으로 삭제하는 거야?"

"크흠, 영상 내의 기본 소스를 검색하는 거야."

"기본 소스?"

"응. 사람으로 치면 DNA 같은 거지."

필름 자체가 아닌 이상에야, 현대의 영상이라고 해 봐야 디지털, 즉 컴퓨터 프로그램으로 제작된 파일이다.

즉, 입력된 소스를 읽어 내고 모니터에서 영상으로 표현되는 것뿐이다.

당연히 그 기본 골조가 되는 소스가 있다.

"코딩을 해서 다른 형태로 바꾸거나 용량을 줄이거나 해도 절대로 바뀌지 않는 부분이 있지. 그들은 자기네 프로그램으로 그런 소스를 인터넷상에서 검색하는 거지."

"아하!"

그러니 영상이 이름을 바꾸거나 코딩을 해도 결국은 발견될 수밖에 없다.

사람이 유전자를 건드리면 암에 걸려 죽는 것처럼, 그 기본 소스를 조작하면 영상이 붕괴되기 때문이다.

"그러니 그 속도는 어마어마하지."

"사람은 절대 못 이기겠네."

"그래. 그래서 내가 먼저 전문가들에게 위탁을 하고 나중에 제휴를 한 거야."

자동으로 검색하는 프로그램으로 그 영상이 삭제될 테니, 나중에 제휴한 여성 단체들이 직접 찾아서 삭제하고 싶다 해도 남아 있는 게 있을 리 없다.

"일본도 가능해?"

"애석하게도 그건 불가능해."

한국은 음란물이 불법이다.

당연히 한국 내 인터넷에 도는 모든 음란물은 불법이다.

"하지만 일본은 국내에서 제작되는 상품이니까. 물론 불법적으로 도는 것도 있기는 하겠지만."

그걸 삭제 요청할 수 있는 것은 그 소유권을 가진 야쿠자들이지 출연자가 아니다.

"그럼 의미가 없잖아."

"없는 건 아니지. 애초에 우리 목적은 그게 아니니까."

목적은 그걸 삭제하는 것이 아니다.

아무리 그들이 피해자라고 하지만, 동의를 하고 촬영한 이상 갑자기 불법이 될 수는 없다.

"하긴, 두 집단이 싸우게 하려는 거랬지."

현재 자칭 학부모연합이라는 곳은 양지로 나오려고 했다는 이유로 출연 여성들을 모욕하고 있다.

"여기서 여성 단체가 그들을 도와주게 되면, 일단 그들을 피해자로서 인정하는 셈이거든."

그리고 피해자로서 인정한 후에 그들을 보호하는 것은 여성 단체의 책임이 된다.

"그리고 학부모연합이라는 곳에서 공격을 멈춘다는 것은, 그들 역시 피해자로 인식한다는 거고."

물론 그렇게 되는 것이 가장 좋은 그림이다.

하지만 한국의 사회단체들은 그런 성향을 가진 곳이 아니다.

"아아, 인정, 인정. 그들의 아집이야 뭐."

소위 사회단체란 곳들은 기본적으로 특유의 성향이 강하다.

아집이라고 불러도 될 정도다.

"당연하잖아."

생계까지 포기하고 그 일에 매달린다는 것.

그건 절대 쉬운 게 아니다.

물론 아예 그걸로 생계를 꾸려 가는 사람들도 있기는 하지만, 기본적으로 사회단체는 어떤 목적을 위해 개개인의 희생을 기반으로 하는 일면이 분명 존재한다.

"그러니 그들은 그 부분을 절대로 못 버려."

가령 학부모 단체들이 이번 일에서 자신들의 실수를 인정하고 물러나는 경우, 그들은 장기적으로 순수성을 의심받게 된다.

"전에도 말했지만 그게 사회단체의 숙명이지."

그렇다 보니 순수성을 인정받기 위해 더 극렬한 주장을 하게 되고, 타협이나 협상은 아예 감안하지 않는다.

그래서 처음에 좋았던 취지는 퇴색되고 순수성을 증명하기 위한 극단적 주장만 난립하게 되면 그 조직은 빠르게 부패하기 시작한다.

"일부 자연환경 단체들이 그렇잖아."

"기억하고 있네?"

"그들이 그렇게 멍청할 줄은 몰랐으니까."

자연보호라는 거대한 기치를 들고 나선 그들.

목적 자체는 좋았다.

하지만 서로 더 극렬한 주장을 하다 보니, 수돗물 소독에 쓰는 염소의 사용조차도 막아야 한다면 난동을 피우기 시작했다.

"염소 소독을 안 하면 도대체 어쩌자는 건지."

수돗물은 현대의 우물이라고 볼 수 있다.

과거에는 우물 하나가 오염되면 한 마을이 쑥대밭이 되었지만, 현대에는 수돗물이 오염되면 최소한 수만 단위의 환자가 나오는 데다 그중 다수는 죽을 수밖에 없다.

"그래 놓고 자기들은 생수를 사다 먹지."

그리고 생수는 대부분 자연보호의 최악의 적인 플라스틱에 담겨 유통된다.

"그런 게 정치라는 거다."

노형진은 어깨를 으쓱했다.

"어찌 되었건 여성 단체는 실적이 필요해지지."

하지만 삭제를 할 수는 없다.

운이 좋아서 삭제를 한다고 해도, 잘해 봐야 열 개 수준.

인건비도 안 나오는 수준일 게 뻔했다.

"그리고 그런 사회단체들은 전면에 나서서 자신들을 드러내는 것을 좋아하고."

거기에다 자기네 의뢰인을 물어뜯고 있는 적들이 있다.

그들은 언론의 집중적 관심을 받게 된다.

"그들의 선택은 정해져 있어."

그리고 그게 또 다른 홍보가 될 것이다.

⚖️

"학부모연합은 반성하라! 반성하라!"

"꺼져, 이 더러운 년들아!"

"뭐, 더러운 년? 지금 말이라고!"

두 조직은 같은 곳에서 시위를 하고 있었다.

그리고 그곳에서는 재미있는 모습이 그려지고 있었다.

"허허, 당사자가 쏙 빠져 있구먼."

하이스카이. 인터넷 방송을 위해 새롭게 만들어진 회사의 본사.

그곳에서 시위하는 두 조직.

그러나 그들은 서로를 물어뜯느라고 정작 이쪽은 공격하지 못하고 있었다.

"당연하지요."

"그래서 이쪽에서 대응하지 말라고 한 건가?"

"이쪽에서 대응하면 어그로가 이쪽으로 쏠릴 겁니다."

하지만 여성 단체들이 학부모 단체들을 공격하자 그들은 방어 차원에서 여성 단체들을 공격하기 시작했고, 다시 반격당한 여성 단체가 물고 늘어지면서 그 둘 사이의 난타전이 시작되었다.

"기가 막히는군."

그리고 정작 자신들은 뒤로 쓰윽 빠지다니.

"하지만 너무 극렬한데? 아무리 그래도 저 정도로 난타전을 주고받지는 않을 텐데."

사회단체이다 보니 서로 알고 지내던 사이라고 봐도 무방하다. 여성이 결혼하여 아이를 낳으면 학부모가 된다는 것을 감안하면 오히려 밀접하게 연관이 있을 가능성이 높다.

"아, 그거요?"

노형진은 웃으며 씩 미소를 지었다.

"쩐을 좀 뿌렸거든요."

"쩐?"

"네."

노형진은 싸움을 붙이기 위해 여성단체와 학부모 단체에 각각 5억씩을 줬다. 물론 차명으로 준 거라, 두 단체에서는 노형진이 줬다는 사실을 모른다.

"뭐? 5억씩이나? 왜?"

"미끼죠."

물론 협조 차원에서 주기로 한 돈도 있다.

하지만 따로 비밀리에 5억을 줬다는 것은 심각한 문제다.

"회계에는 남지 않는 돈입니다. 극렬하게 싸우는 조직을 골라서 줬고요."

"허."

유민택은 노형진이 노리는 게 뭔지 바로 알아차렸다.

회계에 남지 않는 돈.

그 돈을 극렬하게 싸우는 사람들에게 준다.

그리고 그 소문을 내면, 다른 조직들도 더욱 극렬하게 싸울 수밖에 없게 된다.

"결국 그들은 우리와 상관없는 싸움을 하고 있는 거군. 그런데 고작 그게 끝인가?"

"그럴 리가요. 제가 왜 회계에 남지 않는 돈을 5억이나 줬겠습니까?"

싸움은 언젠가 끝난다.

사실 끝날 수밖에 없다. 사회단체이다 보니, 언젠가는 힘을 합쳐야 하는 상황이 올 수도 있으니까.

"지금이야 저들이 대판 싸우고 있어서 이쪽에 신경 쓰지 않겠지만, 언젠가는 싸움을 멈출 겁니다."

"그러면 이쪽으로 다시 총질할 수도 있겠군."

"그럴 수도 있지요. 하지만 아직 저들이 해결하지 못한 문제가 남았으니까요."

"어떤…… 아하! 5억!"

5억.

절대 작은 돈이 아니다.

현금으로 받은 돈.

문제는 그걸 저들이 기부로 잡아서 정식 예산으로 쓸 가능성이 눈곱만큼도 없다는 것이다.

"그 돈을 가지고 서로 싸우기 시작하겠군."

"네."

노형진이 준 돈은 그냥 준 것이 아니다.

상대방에게 분노해서 주는 지원금이니 가장 활발하게 활동한 사람들에게 주겠다고 하며 준 돈이다.

즉, 개인에게 주는 돈이지 집단에게 주는 돈이 아닌 것이다.

"이른바 약속 증여죠."

어떤 조건을 충족하면 그 사람에게 주겠다는 약속 증여.

그런데 여기서 문제가 생긴다.

"누가 가장 활발하게 활동했는지 증명할 수가 없군."

유민택은 결국 머리끄덩이를 잡고 싸우기 시작하는 사람들을 보면서 혀를 끌끌 찼다.

"조건도 애매합니다. 가장 활발하게 활동한 사람이라니."

그걸 증명하려면 가능한 한 상대방과 트러블을 많이 일으켜야 한다.

당연히 싸움이 쉽게 꺼질 리 없다.

"꺼진다고 해도, 그다음에는 내분이죠."

과연 그 돈을 누가 가질 것인가?

나눠 가지는 것은 안 된다.

한 사람에게 준다는 조건부 증여니까.

즉, 한 사람을 골라야 한다.

그리고 여기서 투쟁하는 사람들은, 다들 자기가 가장 열심히 싸우고 있다고 생각하고 있었다.

"저쪽은 이쪽에 신경 쓸 틈이 없을 겁니다."

이쪽은 저들이 극렬하게 싸우는 덕분에 이름을 방송에 계속 내보내고 있는 상황이다.

관심 때문에라도 사람들이 계속 회원 가입을 하고 있을 정도.

"이런 게 바로 노이즈 마케팅 아니겠습니까?"

"노이즈는 저쪽에서 터진 것 같은데."

유민택은 노형진에게 이용당하는 것도 모르고 싸우고 있는 두 집단을 보면서 혀를 끌끌 찼다.

"뭐, 어디가 시끄럽든 무슨 상관입니까? 우리가 유명해지면 되는 거지."

"'유명해져라. 그러면 네가 똥을 싸도 박수를 보낼 것이다.'인가?"

"그런 거죠, 후후후."

그리고 하이스카이는 확실히 어떤 방법을 쓴 것보다 유명해져 있었다.

"그러면 남은 건……."

노형진은 고개를 돌려서 먼 남쪽을 바라보았다.

"본진을 터는 거죠."

일본 문화 침략

   본진, 그러니까 일본에 대해 공격을 하는 것은 한국과 방식이 여러모로 다를 수밖에 없었다.

   일단 한국은 인터넷이 정액제라 원하는 만큼 마음대로 빠르고 쾌적하게 이용할 수 있어서 홍보를 하는 만큼 가입자 수가 늘었지만, 인터넷 환경이 한국과 판이하게 다른 일본은 그렇지 못했다.

   "일본은 프로바이더라는 게 중간에 들어가."

   "그게 뭔데?"

   손채림은 노형진의 말에 갸웃하면서 물었다.

   처음 들어 보는 말이었으니까.

   "쉽게 말하면 인터넷을 사용할 수 있게 해 주는 프로그램 같은 거야. 문제는 그게 요금에 지대한 영향을 미친다는 거지."

"에? 프로그램이 영향을 미친다고? 뭔 소리야? 프로그램이 요금에 영향을 왜 미쳐?"

하지만 노형진의 말을 손채림은 이해하지 못했다.

그럴 수밖에 없다.

당해 본 적이 없으니까.

"쉽게 말해서 이거야. 프로바이더가 인터넷의 속도를 결정해. 비싼 프로바이더일수록 인터넷은 빨라지지."

"헐?"

"문제는 그게 아주 고질적인 문제라는 거야."

비싼 프로바이더일수록 인터넷은 비싸다.

이를 반대로 말하면, 싸구려는 극단적으로 느리다고 볼 수 있다.

"제일 느린 건 1.2메가바이트밖에 안 된다고 하더라고."

"뭐? 1.2메가? 우리나라 구형 핸드폰도 그 정도는 나오지 않아?"

"그러니까 일본에서 인터넷을 제대로 쓸 수가 없는 거야."

이렇게 극단적으로 나쁜 환경에, 그나마도 회사에서 임의로 속도를 조절하는 경우도 많다.

"만일 특정 아이피에서 좀 많이 쓴다고 하면 거기 회선에 제한을 걸어 버리는 경우도 많은 모양이야."

"헐?"

"그러니 네트웍플러스가 들어온다고 해도 효과를 보기는 힘들지."

기본적으로 네트웍플러스는 스트리밍 서비스를 제공한다.

즉, 다운받아서 소장하는 게 아니라, 인터넷을 통해 바로 재생해서 보는 것이다.

"음…… 그렇게 회선이 불안정하면 제대로 보기는 힘들겠네."

요즘은 고화질 영상이 많다.

애초에 드라마나 영화를 저화질로 보려고 네트웍플러스에 가입하는 사람은 없을 것이다.

그런데 그걸 스트리밍하면 얼마 지나지 않아서 회선에서 용량 제한을 걸어 버릴 텐데, 긴장감 넘치는 드라마나 영화를 계속 버벅대면서 보고 싶어 하는 사람은 없다.

"그래서 배달하는 시스템이 필요하다는 것은 알겠어. 그런데 그걸 어떻게 홍보하려고? 한국처럼 하려고?"

한국은 학부모연합과 여성 단체의 대립으로 인해 노이즈 마케팅이 제대로 되어서 적지 않은 홍보를 했다.

하지만 일본은 그런 게 안 된다.

"무리야."

일단 '성진국'이라는 말처럼 일본의 부모들이 그런 걸로 태클을 걸 만한 사람들이 아니라는 점도 있지만, 일본의 인권 단체들은 힘이 없는 걸로 소문이 났다.

"사실 재특회를 비롯한 혐오 단체를 제외한 인권 단체들은 존재만 할 뿐이지 제대로 된 활동은 못한다고 봐야 하는 수준이야."

특히 여성 쪽은 그런 경향이 더 심해서, 둘 사이에 트러블을 만들어 준다고 해도 싸울 힘이 없어서 싸우질 못한다.

"더군다나 일본 언론은 그런 분란은 거의 보도를 하지 않고."

하나 된 일본.

그걸 자랑이라도 하려는 듯, 일본은 자국 내의 다른 의견에 대해서는 철저하게 함구하고 알리지 않는다.

오죽하면 1만 명이 모이는 시위가 벌어졌다고 하면 일본에서는 나라가 뒤집어질 만큼 역대급 취급을 받는다.

"그러면 홍보를 어떻게 하려고?"

"간단해. 우리는 오덕을 노린다!"

"오덕?"

"그래, 오덕! 후후후."

오덕.

일반적으로 일본에서는 오타쿠라 불리는 존재.

원래 오덕이라는 말도 오타쿠에서 유래되었다.

한 가지 주제를 파고들면서 애정을 가지는 사람들.

"기본적으로 오타쿠들이 일본 문화를 이끌어 가지. 그게 플러스가 되기도 하고 마이너스가 되기도 하지만 말이야."

"플러스이자 마이너스라니? 이해가 안 가는데."

"일본에서 오타쿠가 가지는 지분은 어마어마하거든."

일반인이 어떤 프로그램이나 방송에 가지는 애정이 10이
라면 그들은 100 이상이다.

당연히 그만큼 돈을 쓴다.

가수가 앨범을 내면 일반인이라면 한 장을 산다.

하지만 오타쿠들은 앨범 표지가 다르면 그 다르다는 이유
만으로 각각 한 장씩 산다.

"오타쿠들은 기본적으로 세 배 이상 구매한다고 하지."

하나는 보관용, 하나는 포교용, 하나는 감상용.

"그렇다 보니 대부분의 방송이 오타쿠라는 존재를 감안하
지 않을 수가 없어."

좋은 의미에서 오타쿠들은 실험적인 방송 프로그램이나
작품도 소비해 준다.

"그래서 새로운 시도를 많이 해도 위험부담이 덜하지. 그
래서 일본의 제작사들이 많은 시도를 하는 편이고."

하지만 반대로 그들의 소비력이 워낙 강력하다 보니, 그들
에게 맞춰서 작품을 제작한 결과 그들 취향에 맞는 프로그램
만 나온다는 문제도 있다.

"무슨 뜻인지 알겠다."

그들이 지지해 줘서 망할 위험성은 적지만, 그들의 취향을
거스르지 못해서 일본의 문화적 갈라파고스화가 심화됐다는
것이다.

"그래."

"그런데 그들을 어떤 식으로 이용하겠다는 거야?"

"그들의 우상에 대한 헌신은 절대적이야. 기본적으로 한국과 똑같다고 보면 돼. 같은 방송에 출연하는 거지. 다만 한국과 다른 점은, 한국은 호기심으로 출연하는 거지만 그들은 절대적 우상을 보기 위해서 출연한다는 거야. 그리고 그걸 위해서 그들은 뭐든 하려고 하겠지."

"이해가 안 가는데 좀 간단하게 설명해 줄래?"

"우리가 배달을 하기 위해서는 결국 배달부를 뽑아야 해. 배달부뿐만이 아니지. 결국 일본에서 일하려면, 해당 장르에 대해서 잘 아는 인력을 뽑아야 하지."

"아! 오타쿠들은 자신이 사는 지역의 다른 오타쿠들과 강력한 관계를 가지겠구나. 그럼 그들에게 소개를 부탁하면 되겠네."

"아닌데."

"으잉?"

"그들은 사람과의 관계를 중요하게 생각하지 않아."

그들이 중요시하는 것은 다름 아닌 우상과의 관계다.

설사 그 관계가 존재하지 않는 대상이라고 할지라도 말이다.

"그리고 성인물 배우를 좋아하는 강력한 오타쿠들도 있지. 그들과 함께하면서 인간적으로 성장하는 프로그램을 운영할 거야."

"하려고 할까?"

손채림은 고개를 갸웃하며 생각했다.

그녀가 생각하는 오타쿠의 이미지는 그다지 좋지 않다.

아니, 대부분이 그럴 것이다.

음침하고, 어딘가 정신이 나가 있고, 사회성도 없고, 방에서 나오지 않는 그런 이미지.

"너 오타쿠 무시하지 마라. 그들이 단순히 그런 식으로 소비만 했다면 과연 그들이 문화 산업의 주류가 될 수 있었을까? 아무리 그들이 소비력이 크다고 해도, 사회적으로 숫자가 소수인데?"

"어…… 그런가?"

생각해 보니 그렇다.

그들이 아무리 사 줘 봐야 결국 10%도 안 될 테니까.

성공한 대상이라면 0.1%까지 비율이 떨어질 수도 있다.

"그런데 오타쿠 위주의 문화가 될 수 있는 것은, 그들이 단순히 소비에 그치는 게 아니라 재생산하기 때문이야."

"재생산?"

"그래. 그걸 좋아하고, 열정을 가지고 있어. 그리고 극단적 히키코모리들을 제외하면 사회적으로 활동을 해야 해. 취미에 쓰는 돈이 하늘에서 떨어지는 건 아니잖아. 그러면 그쪽 장르를 선택하는 게 자연스러운 현상이 아닐까?"

"아하!"

그리고 그들이 제작자가 되었으니, 자연스럽게 자기 취향의 작품을 만들게 되는 것이다.

그로 인한 문화적 갈라파고스화는 더더욱 가속될 테고 말이다.

물론 히키코모리들, 그러니까 사회적으로 아예 나갈 생각이 없는 사람들이야 방법이 없겠지만, 그쪽에 관심이 있고 재능이 있는 대다수의 사람들은 분명 하이스카이에 관심을 가질 것이다.

"그러니 그들을 포섭하는 거야. 그들은 우상과 같은 업계에서 일하면서 우상을 볼 수 있다는 것만으로도 아주 열심히 일할걸. 물론 거기에 맞는 돈을 줘야겠지만."

한 사람의 성장 과정을 그린다.

처음에는 작게 시작할 테지만, 나중에는 그가 어떤 재능을 꽃피울지 모를 일이다.

그리고 그 과정을 그의 우상과 같이한다.

"인터넷에는 그런 오타쿠들이 모이는 사이트가 있어. 그곳에서 아주 불이 날 거야."

그와 동시에 문화적 갈라파고스화에 질려 버려서 외국의 문화를 탐닉하던 젊은 층 역시 관심을 가지게 될 것이다.

"그 두 존재가 관심을 가지게 된다면 일본에서 가지는 파괴력은 장난 아니게 되겠지. 장기적으로 보면 시청자들의 수준을 바꿀 수 있을 테고, 기존의 일본 방송은 그 수준을 따라가기 힘들겠지."

이것이 방이다

"사회적 접근이라……. 그런 것에 관심을 잘 가질까? 일본은 그런 문화가 아니잖아."

"그래서 더더욱 관심을 가지게 될 거야. 현실적인 괴리가 장난 아니거든."

"현실적인 괴리?"

"일본은 기본적으로 사회시스템이 잘되어 있지 않아. 물론 매뉴얼은 잘되어 있어. 하지만 그 매뉴얼만 잘되어 있는 게 문제야."

일본에도 가난한 사람이 있다.

그리고 그들을 지원하는 시스템은 잘되어 있다.

그러나 그런 시스템을 쓰는 것에 대한 사회적 관념이 비정상적이다.

실제로 20대의 젊은이가 삼각김밥 하나 먹고 싶다는 유언을 남기고 굶어 죽을 정도로, 사회시스템은 아주 비정상적이다.

"슬픈 일이죠. 그 때문에 제가 뜨기는 했지만."

마이 소라는 슬픈 얼굴로 말했다.

후쿠시마 사태 당시에 제대로 작동하지 않는 매뉴얼을 무시하고 활동한 그녀 덕분에 많은 사람들이 살아남았다.

오죽하면 그 당시에 사회단체나 정부보다 야쿠자가 더욱 효율적으로 움직였다고 평할 정도였다.

노형진은 마이 소라의 말에 고개를 끄덕이면서 말을 이어 갔다.

"공식적으로 이러한 프로그램은 여러 사람들의 관심을 이끌어 내는 것이 목표입니다. 한국에도 〈양심 냉장고〉라는 프로그램이 있었지요. 그 당시에 한국의 선행 지수가 올라간 것도 사실이고요."

착한 사람을 찾아서 그에 맞는 상을 주는 프로그램.

그게 나올 당시에 한국인들은 훨씬 선행을 많이 했다.

"사회적 방송을 우리들이 해야 한다 이거군요."

"네."

그리고 처음에 하는 것이 바로 오타쿠들의 사회화.

그들을 무시하는 게 아니라, 그들 스스로 일어나서 원하는 곳에서 성장하는 것을 보여 주는 것.

취업보다 알바를 선호하는 프리터족이라는 게 생길 정도로 앞이 안 보이는 일본에 주는 일종의 희망 메시지.

'어차피 일본은 얼마 후 급성장한다.'

지금이야 프리터족이니 어쩌니 하지만, 얼마 후면 일본은 사람을 못 구해서 난리가 나는 수준으로 경제가 다시 움직이기 시작한다.

그러니 이쪽에서 그런 이슈를 선점하면 그 경제 부활의 신호의 좋은 이미지를 선점할 수 있다는 것이 노형진의 계획이었다.

처음에는 배달부터 시작하겠지만 나중에는 많은 곳에서 활동하는 청년들의 모습을 보여 주면서 그 이미지를 독점하는 것.

"이슈도 타고 좋은 일도 하고."

고개를 끄덕거리는 마이 소라.

"좋아요. 그런 거라면 우리도 환영이에요."

사회적으로 지탄받는 존재가 아니라 사회적으로 존중받는 존재로 재탄생할 수 있다면 많은 사람들이 참가할 것이다.

하이스카이도 손해 보는 것은 없다.

어차피 프로그램은 또 만들어야 하는 데다가, 이런 유의 프로그램은 제작비가 그리 많이 들지 않는다.

"일단 그런 사람들을 찾아봐야겠네요."

마이 소라는 자리에서 일어났다.

좀 더 많은 사람들이 도움을 받기를 원하는 그녀는, 좀 더 적극적으로 사람들을 설득할 생각이었다.

"그럼 잘 부탁드립니다."

마이 소라가 나간 후 손채림은 걱정스러운 표정이 되었다.

"계획대로 될까? 일본이 한국 문화에 우호적인 건 아니잖아."

"그래서 내가 저들을 첨병으로 사용하는 거야. 사실 저들의 자리를 만들어 주는 것도 계획에 있지만, 전에 말했다시피 우리도 슬슬 일본에 손대야지."

"대동 때문에?"

노형진은 고개를 끄덕거렸다.

"대동과의 문제도 그렇고."

대동을 건드리기 위해서는 어쩔 수 없이 일본을 건드려야 한다. 한국도 정경 유착이 심하지만 일본은 훨씬 심하니까.

"도대체 무슨 방법이 있는데? 이거 쉽게 팔릴까?"

"팔릴 거야. 팔리게 만들어야지."

노형진은 씩 웃었다.

"개미들이 모이면 군단이 되는 법이니까."

"한꺼번에 공급하겠다고요?"

"네."

노형진이 노리는 대상은 다름 아닌 비디오 가게였다.

기본적으로 일본 영상물 배급의 중심인 비디오 가게들.

그곳들을 배제하고는 업무를 진행하지 못한다고 봐야 한다.

물론 개개인을 노릴 수도 있지만, 그것보다는 차라리 배급력을 가진 곳을 먼저 이용하는 게 훨씬 빨랐다.

"저희가 한국에서 만든 프로그램에 자막을 붙여서 서비스할 수 있게 해 드리겠습니다."

"으음......."

비디오 대여점주들은 묘한 표정이 되었다.

그럴 수밖에 없는 게, 이런 제안을 받아 보는 건 처음이었으니까.

'그렇겠지.'

사실 외국 프로그램을 사서 방송하는 것은 대부분 전문 업체들이 따로 있기 마련이다.

하지만 모든 방송을 다 사 가는 건 아니다.

'나라도 그걸 허락하지는 않지.'

까딱 잘못하면 자기 문화 자체가 말살될 수 있는 일이기 때문이다.

'하지만 비디오라면 상황이 좀 다르지.'

공중파가 아니라 비디오를 통해 프로그램을 유통한다.

그게 노형진이 노리는 바였다.

'거르지 않고 직접적으로 접근하는 것.'

정부의 통제를 받지 않고 비디오로 접근하면 아무래도 영향을 받기 쉬워진다.

물론 지금까지 한국에서 만드는 프로그램을 비디오로 제공하는 업체가 없는 것은 아니었다.

'하지만 그건 어디까지 공중파에 한정해서지.'

아직 인터넷 방송국인 하이스카이에 대한 공급은 없었다.

"저희는 사용료에 대해서도 협상이 가능합니다."

"협상이 가능하다?"

사장들은 눈을 반짝거렸다.

결국 가장 좋은 것은 돈이니까.

"네, 최초 4회에 관해서는 수수료를 면제해 드리지요."

수수료.

일본의 대여점 시스템에 있는 기본적인 비용이다.

한국도 대여점이 있지만, 한국과 일본의 대여점 시스템은 많이 다르다.

한국은 대여점을 운영하는 사람이 빌려줄 물건을 사기에 물건을 몇 번을 빌려줘도 추가 비용을 받지 않는다.

하지만 일본은 다르다.

일본은 각 프로그램당 일정 비용이 수수료로 붙는다.

"네. 단, 그 최초 4회에 대해서는 최대한 저렴하게 빌려주세요."

사실 협상이 가능하다면 무료로 빌려줘도 상관없다.

'일단 보기 시작하면 계속 보게 되기 마련이지.'

대룡 입장에서는 이미 존재하는 프로그램을 이용해서 홍보하는 것이다. 일단 일본인을 이용해서 심리적 방어선을 뚫은 후에 한국의 프로그램을 공급하는 것이 목적이었다.

"좋습니다. 협상을 시작해 보죠."

비디오대여점협회 사람들은 눈을 반짝거렸다.

안 그래도 대여점협회는 자신들의 상황이 좋지 않다는 걸 알고 있었다.

비록 인터넷 상황이 좋지 않아서 아직은 인터넷 영상을 내려받아서 보는 사람이 많지 않다고 하지만, 이를 반대로 말하면 좋은 프로바이더를 쓰는 사람은 충분한 속도로 영상을 받아 볼 수 있다는 뜻이다.

'그 숫자가 늘어나면 곤란해.'

사실 조금만 생각해 보면 대여점보다는 비싼 프로바이더를 쓰는 게 더 나을 수도 있다. 다만 대부분의 사람들은 그걸 생각하지 못하고 싼 걸 선택하는 것뿐이고.

　그걸 사람들이 알기 전에 미리 공급 라인을 확정하는 것이 이들에게는 유리했다.

　"잘 부탁드립니다."

　노형진은 대여점주들과 손을 잡았다.

　그리고 그 이면을 생각하면서 미소를 지었다.

　"판매량이 제법 늘었어."

　대여 산업 초기에는 역시 그다지 큰 이득은 없었다.

　하지만 한국 작가들의 충실한 지원 덕에 훨씬 다양한 이야기가 담긴 한국 프로그램들은, 알음알음 소문을 내면서 퍼져 나가고 있었다.

　"이번 달 수익이 지난달 수익에 비해 두 배 가까이 늘었다고 하더군."

　유민택은 흡족한 표정을 지었다.

　물론 아직 그 금액이 충분한 것은 아니다.

　두 배로 늘었다는 게 고무적이긴 하지만, 사업 그 자체로서 벌어들이는 수익이 많지 않은 것은 사실이니까.

"일본 야쿠자들이 접촉하려 한다는 이야기도 있고."

"그럴 겁니다. 예상하던 일이지요."

"그랬나?"

"야쿠자들의 목적은 돈입니다. 그리고 그들이 AV 시장으로 내모는 여자들은, 대부분 사실상 그 길밖에 없기 때문입니다."

"우리와 접촉하면 한 번은 더 뽑아 먹을 수 있다 이거군."

"네."

"기분 좋은 일은 아니군."

유민택은 눈을 살짝 찡그리며 말했다.

아무리 조용히 준비하는 사업이라고 하지만 그래도 대룡이 나서서 하는 일이다.

그런데 폭력 조직과 결탁해야 하다니.

"나쁘게 생각하지 마세요. 어차피 우리로서도 충분히 수익이 나는 일입니다. 여자들 입장에서도 강제로 그쪽으로 쫓겨 가는 것보다는 마지막 기회라도 잡는 게 좋은 거구요. 만일 포텐이 터진다면 역상승도 가능하니까요."

"하긴, 일본은 좀 이상하더군."

유민택은 이해가 안 간다는 듯 고개를 갸웃했다.

"개성을 살리는 게 아니라, 프로그램에 개성을 맞추도록 요구하다니."

"그게 일본 방송의 한계니까요."

그렇다 보니 서로 비슷비슷하고 자극적이기만 하지, 각 출연자의 개성은 드러나지 않는다.

"어떤 때는 참 아이디어가 대단하다고 느끼는데, 어떤 때는 도대체 뭔 짓을 하는 건지 이해가 안 간단 말이야."

"일본을 이해하는 게 쉬웠다면 우리가 일본과 적대하는 일은 없었겠지요."

"그건 그렇겠지."

유민택은 고개를 끄덕거렸다.

"그리고 그건 그다지 상관없고 말이야."

기업은 자본주의를 추구한다. 일본이 아니라 북한이라고 할지라도 돈이 된다면 손을 내밀어야 한다.

"이쪽에서 시간을 끌다 보면 계약 기간이 끝난 아이들도 나올 겁니다. 그 애들을 데리고 와서 작가를 붙여 주고 개성을 부여한다면, 역으로 공중파로 치고 올라갈 가능성도 존재합니다."

충분히 가능하다.

실제로 한류가 도는 세계 각국은 한국처럼 완성해서 시장으로 내보내는 기업들이 하나둘씩 생기고 있다.

"뭐, 돈만 된다면야 나는 상관없지만 말일세. 이걸로 어떻게 대동에 엿을 먹인다는 건가?"

분명 일본에서 겪어 보지 않은 특이한 형태의 공격이다.

일본에서 막으려고 할지도 모르지만, 그러기 위해서는 몇 년 후에 들어올 네트웍플러스도 막아야 한다는 소리가 된다.

그리고 미국에 약한 모습을 보이는 일본이 그럴 가능성은 그다지 높지 않다.

"이런다고 해서 대동에 타격이 가지는 않을 것 같은데."

사실 대동은 문화와는 상관이 없다.

그들이 다양한 사업을 하기는 하지만, 문화 사업에 관심을 보이지는 않는 편이다. 그래서 한국에 처음 왔을 때 언론을 제대로 통제하지 못했고 말이다.

"이건 좀 장기 프로젝트입니다."

"장기? 자네가 장기라고 할 정도면 제법 걸리는 모양이군."

"어쩌면 10년 이상 걸릴 테니까요."

"10년이라……. 그 시간 동안 공을 들여서 뭘 어쩌겠다는 건가?"

"일본 사회시스템의 붕괴를 일으킬 생각입니다."

유민택은 깜짝 놀랐다. 일본 사회시스템의 붕괴라니?

그게 가당키나 한 말인가?

"그게 가능하다고 생각하는 건가? 일본의 사회시스템이 얼마나 공고한지 모르는 건가?"

"물론 완벽하게 통제하지는 못할 겁니다. 그게 가능할 정도였다면 이미 일본은 붕괴되었을 테지요. 하지만 그들의 사회시스템에 균열을 가할 정도는 됩니다. 그들이 모르는 사이에 말입니다."

유민택은 눈을 반짝거렸다.

안 그래도 한국과 일본의 사이가 좋을 수는 없는 일이다.

거기에다 대동과 대룡은 사실상 철천지원수.

거기에다 일본은 대동의 본진이다.

그곳을 흔들 수 있다면, 시간이 좀 걸린다고 해도 손해 볼 것은 없다.

"자세하게 이야기해 줄 수 있겠나?"

"전에도 말씀드렸다시피 일본의 사회구조에는 심각한 문제가 있습니다."

유사 민주주의라 불리는 일본의 괴상한 정치제도.

수십 년간 고정된 권력

거기에다, 사실상 존재하지 않는 수준의 사회단체들.

"존재는 하지만 활동하지 않는다고 볼 수 있는 곳들이 넘쳐 나죠."

당연히 일본의 사회운동성은 제로에 가깝다.

"연구에 따르면 일본 국민들의 자존감은 무척이나 낮습니다. 그래서 위에서 시키는 대로 하는 성향이 강하지요. 좋게 말하면 준법이지만, 나쁘게 말하면 그냥 노예에 가까운 상태라고 봐도 무방하다고 할 정도입니다."

"그건 그렇지."

유민택도 안다.

전 세계에서 우민화에 가장 성공한 나라를 꼽으라고 하면 대개 일본을 꼽는다.

폭력이나 공포도 없이 국민들을 정치인들에게 충성하도록

세뇌시키는 데 성공했으니까.

오죽하면 한국의 정치인 중 일부가 그 우민화 정책을 들여오려고 시도한 적도 있고 말이다.

"제가 만드는 프로그램들은 사실 중의성을 가지고 있습니다."

"중의성?"

"네. 겉으로 보기에는 재미만을 추구하지요. 하지만 그 내면을 보면 사회적 고발이 들어 있습니다. 물론 처음에는 모를 겁니다. 하지만 보다 보면, 시청자들은 뭔가 다르다는 걸 알게 되겠지요."

유민택의 얼굴에 미소가 떠올랐다.

노형진이 노리는 게 뭔지 바로 알아차렸기 때문이다.

아이디어는 확실히 뛰어난 일본이다.

하지만 그걸 풀어 나가는 게 부족하다.

"확실히 사회 고발적 메시지를 프로그램에 재미라는 관점으로 숨기는 거야, 한국 작가들이 잘하는 방식이지."

대부분의 국민들이 보는 예능 프로들에서부터 그런 성향이 많이 드러난다.

특히나 수많은 영화들이 정치적이라는 욕을 먹기는 했지만, 현실적으로 재미 역시 있었기 때문에 사람들은 그걸 보고 많은 걸 알게 되기도 했다.

"시작할 때 자네가 한국 작가들이 필요하다고 한 이유가 그거였구먼."

"네, 일본 쪽 사회운동가들은 좀…… 재미가 없거든요. 한국으로 치면 선민의식이 심합니다."

그래서 대상을 가르치려고만 한다.

물론 일본의 사회의식 같은 게 확실히 떨어진 것은 사실이니 그게 좋은 방법이기는 하다.

"문제는 그런 방식은 기존 세력이 훨씬 더 잘한다는 거죠. 우리는 그걸 돌려서 깨는 겁니다."

사회적으로 일본이 조금씩 깨어나기 시작하면 일본의 정치판은 흔들릴 수밖에 없다.

그리고 일본의 정치판이 흔들리면, 지금 정경 유착으로 강력한 힘을 가진 대동 역시 흔들릴 것이다.

"그냥 소비문화가 아닌 사회 고발 문화가 들어가는 건 정치인들에게는 곤혹스러운 일이 되겠군."

"네, 인터넷 드라마의 정반대 방식인 셈이지요."

인터넷 드라마를 만들 때 노형진이 제안한 방식은, 특정 기업에 대한 좋은 이미지를 심는 방향으로 드라마를 제작하도록 하는 것이었다.

가령 대룡을 홍보하기 위해 대룡 내부에서 일하는 남녀 주인공을 쓰는 식으로 대룡의 이미지를 부각시키는 것이다.

"하지만 일본은 정반대로 가는 거죠."

특정 세력에 대한 노골적인 비판을 하는 것이 아니라 '저기는 저런데 우리는 왜 이럴까?'라는 의구심을 자아내도록 하는 전략.

그리고 그런 일은 한 번에 일어나지 않는다.

가면을 쓰고, 조금씩 그 안으로 파고들어야 한다.

"정경 유착에 대해 불만이 많아진다면……."

"당연히 강력한 정경 유착을 하고 있는 대동이 불리해집니다."

본진을 한 번에 털 수는 없다.

그게 가능했다면 이미 대동을 무너트렸을 것이다.

"하지만 한 줌씩 그들의 모래를 퍼 올 수는 있겠군."

"네."

이미 돈 냄새를 맡은 야쿠자들이 이쪽에 접촉해 오고 있다.

그들과의 선이 만들어지면, 일본에서 대동과 대룡이 정면으로 붙는다 해도 야쿠자들이 섣불리 대룡을 공격하기 힘들어진다.

이권이 있으니까.

"드디어 본진을 치는 거군."

유민택은 눈을 번쩍거렸다.

단순히 성인 배우들을 돕는 게 아니라 본진에 혼란의 씨앗을 심는 작전.

"나중에 이 씨앗이 어떤 식으로 발아할지는 두고 봐야겠지요."

"참으로 기대가 되는군. 기대가 돼, 허허허."

보이지 않는 씨앗이 마치 눈앞에서 쑥쑥 크는 것 같아서 유민택은 터져 나오는 웃음을 참을 수 없었다.

자본주의식 사랑

돈의 힘은 위대하다고들 한다.

세상의 모든 것을 살 수 있으니까.

아마 지금 세상에서 돈으로 사지 못하는 것은 자기 목숨밖에 없을지도 모른다.

그만큼 돈이 우선인 시대.

그렇다 보니 그 돈 때문에 절망하는 사람도 있었다.

사랑조차도 돈으로 사야 하는 사람들.

"그래서 국제결혼을 했는데 도망갔다고요?"

"네."

눈물을 흘리면서 고개를 푹 숙이는 남자.

그는 자신의 처지를 하소연했다.

"아니, 어떻게 이럴 수가 있습니까? 제가 그렇게 사랑해 줬는데."

"사랑이라, 후우……."

노형진은 머리를 북북 긁었다.

두 개의 상반된 사건이 동시에 들어왔다.

물론 형태 자체는 똑같았다.

그러나 그 원인은 전혀 달랐다.

'같은 유형의 사건인 줄 알고 한꺼번에 준 모양인데.'

하지만 노형진이 보기에 이 두 가지 사건은 전혀 달랐다.

"말은 통하셨어요?"

"네?"

"말은 통하셨냐고요."

"그건 아닌데……."

"저기, 이런 말씀 드리기 죄송합니다만, 그건 사랑이 아닙니다."

"뭐 이런 변호사가 다 있어!"

버럭 화를 내는 남자.

노형진이 혀를 끌끌 찼다.

아무리 배당된 사건이라지만, 좋은 소리만 해서 사건을 해결할 수 있다고 살살 꼬실 이유도 없다.

"기록 보니까 결혼한 지 1년 되셨네요? 여자분은 7개월 전에 도망갔고."

"그래요! 내가 얼마나 예뻐해 줬는데!"

"사람으로서요, 아니면 여자로서요?"

"뭐?"

"보아하니 러시아에 가서 후다닥 선보고 후다닥 결혼하신 거 맞죠?"

"그건…….."

"뭐, 다 압니다. 그런 곳들 많으니까요."

러시아에 가서 맞선 보고 여자 고르고 3주 안에 결혼한다.

요즘 그런 업체들이 많이 늘어나고 있다.

'이게 뭔 미친 짓이냐고.'

아무리 자본주의 세상이라고 하지만, 그리고 한국이 러시 아보다 잘산다고 하지만 사람을 돈으로 사 올 생각을 하다니.

그리고 안 봐도 뻔하다.

데리고 온 후, 사람이 아니라 노예 취급했을 것이다.

아니면 잠자리 대상으로만 여겼거나.

"그러니까 여자가 도망가죠."

"이 인간이 보자 보자 하니까! 일하기 싫어?"

"저희는 변호를 해 드리는 곳입니다. 현실을 정확하게 알 아야 변호를 해 드리죠."

"그년이 도망갔다고! 그거면 된 거 아냐!"

"된 게 아니라니까요."

노형진은 눈을 찌푸리며 남자에게 말했다.

"그래서, 원하시는 게 뭡니까?"

"뭐긴! 소개해 준 그 새끼들한테서 돈 받아 내는 거지!"

"그러니까 그게 안 된다니까요. 손해배상을 청구할 수는 있겠지만 이기기는 힘들 겁니다."

"이익!"

남자는 발끈하면서 일어났다.

그리고 뒤도 안 돌아보고 나가 버렸다.

"하아. 진짜 저 사람, 답이 없네."

얼마 안 되는 기록을 봐도 답이 나온다.

국제결혼을 했는데 여자가 도망갔다.

그러니까 당장 그 돈을 내놓으라고 소송을 하러 온 것.

"저기……."

그 남자가 나가고 나서 혼자 남은 남자는, 눈치를 보면서 노형진을 바라보았다.

"저도…… 나갈까요?"

그도 똑같은 이유로 왔다.

아내가 도망쳤다.

그래서 같이 의뢰를 하러 온 것이다.

"아니요. 그건 아닙니다. 아까 그분하고 사건이 좀 달라요."

"네?"

"아니, 아까 그분의 성향을 보면 알거든요. 상황 자체도 그렇고."

"네?"

"아까 그분은 결혼한 후에 학대를 하신 거고."

"그걸 어떻게 아세요?"

"재산 피해가 없잖아요."

만일 여자가 돈 때문에 도망간 거라면 돈을 들고 튀었을 것이다.

하지만 그 남자는 재산적 피해는 없다고 했다.

국제결혼 하는 데 들어간 돈은 빼고 말이다.

"그리고 당사자도, 그 여자를 찾는 게 아니라 소개해 준 회사에 돈을 돌려 달라는 거고."

"그게 의미가 있나요?"

"있죠."

돈을 돌려 달라는 것.

즉, 그 돈으로 다른 여자를 사 오겠다는 말이나 마찬가지다.

"만일 상대방을 진짜 반려로 생각했다면 일단 그 여성분을 찾는 데 집중했을 겁니다."

"아……."

남자는 힘없이 고개를 숙였다.

노형진은 그런 그를 바라보면서 서류를 넘겼다.

"일단 종찬수 씨의 경우는 아까 그분과 달라요. 재산 피해도 있고."

그도 국제결혼을 했다.

베트남에 가서, 비슷한 과정으로 결혼을 했다.

그런데 여자가 도망갔다.

그것도 돈이란 돈은 모조리 다 출금해서.

"결혼 유지 기간도 두 달 정도로 짧고, 종찬수 씨가 원하시는 건 그녀를 다시 찾는 거고."

노형진은 서류를 넘기며 한숨을 푹 쉬었다.

"의사소통을 위해 베트남어 학원도 다니셨네요?"

"그게…… 저 하나 믿고 여기까지 온 건데 외롭겠다 싶어서."

"쩝."

노형진은 입맛을 다셨다.

'이게 국제결혼의 문제지.'

아직 정부의 통제가 제대로 되지 않는 상황.

그렇다 보니 국제결혼 단체가 우후죽순 생겼다.

미래에는 정부에서 그런 행동에 태클을 건다.

국제결혼을 막는다기보다는, 상대방이 최소한의 한국어를 배우지 못하면 허락을 하지 않는 식으로 말이다.

사회적으로 부적응 사건이 워낙 많았으니까.

"일단 사건 자체를 알아봐야겠지만, 말씀하신 게 맞는다면 종찬수 씨는 부부 관계 유지를 위해 최선을 다한 것 같군요. 가족들에게 준다는 명목으로 매달 100만 원씩 주기도 했고."

그 여자가 도망가기 전 두 달뿐이기는 하지만 말이다.

"일단 종찬수 씨는 최선을 다한 것으로 보이는데……"

물론 그가 말하지 않은 문제가 있을 수도 있다.

국제결혼으로 의한 문제가 있을 수도 있고.

'하지만 국제결혼을 한 이상, 보통은 예상할 수 있는 문제들이었을 테니 해결하려고 했겠지.'

그런데 불과 두 달 만에 사라졌다.

"거기에다 한국에서 만나서 결혼했다고 하셨죠?"

"네, 한국으로 입국해서 소개받았습니다."

"그 부분이 가장 큰 차이입니다."

"네?"

"이런 결혼은, 대부분 신랑이 신부가 있는 쪽에 가거든요."

엄밀하게 말하면 결혼이라는 거래에서 상품을 고르기 위해서는, 여러 상품이 있는 나라로 직접 가는 게 낫다는 비참한 현실 때문이지만.

"그런데 한국이라……. 입국을 해서 소개받을 수도 있기는 한데."

그게 될지 안될지 알 수가 없으니, 그건 위험부담이 크다.

"아무래도 사기를 당하신 것 같습니다."

"네? 사기요?"

"네, 아까 그분과는 좀 다르죠."

서류상의 기록으로 봤을 때, 아까 그 남자는 정상적인 국제결혼을 했다.

하지만 남자의 학대와 비인간적인 행동으로 인해 여자가

도망간 게 뻔하게 보였다.

　반대로 이쪽은 아예 작심하고 사기를 친 것으로 보였고.

　"말도 안 됩니다! 제가 사기를 당했다고요? 정식으로 결혼까지 했는데요! 혼인신고도 했고요."

　"그게 말이죠."

　노형진은 살짝 찡그렸다.

　국제결혼이 많아지면서 사기꾼도 많아진 것이 현실이다.

　"이런 사례가 좀 있습니다."

　"좀 있다고요?"

　"네, 좀…… 질이 안 좋은 건데."

　한국에서 결혼을 한 후, 재산을 빼돌려서 도망간다.

　그리고 자신을 데리고 온 브로커에게 간다.

　브로커는 그 사람을 미리 준비한 다른 신분으로 세탁하고, 다른 남자와 결혼시킨다.

　그리고 몇 달 있다가 또 그런 식으로 재산을 털고 도망간다.

　"그……."

　종찬수가 가지고 있던 1억을 털어 간 여자다.

　단순한 도주라면 그 돈을 가지고 갈 이유가 없다.

　"말도 안 됩니다! 그 회사에서 왜 그러겠습니까!"

　"돈이 되니까요."

　한 쌍을 결혼시켜서 버는 돈은 기껏해야 300만 원.

　그러나 사기를 치면 못해도 몇천, 잘만 만나면 억 단위의 수익이 난다.

"상황을 보면 딱 그런 사건입니다만."

멍한 표정이 되는 종찬수.

노형진은 그런 그를 안타깝게 바라봤다.

"아니, 그런 짓을 하고도 안 잡힌단 말입니까?"

"입증할 수가 없으니까요."

사기 결혼이라는 걸 피해자가 입증해야 하는데, 그걸 입증할 수 있는 방법이 없다.

거기에다 자기들도 속았다고 하면 그만이다.

치안이 좋지 않은 베트남 같은 곳은 가짜 신분증을 만드는 게 어려운 일도 아닌 데다가, 현지에 직접 찾으러 간다 해도 없을 테니까.

"그리고 설사 책임을 묻는다고 해도, 그들이 책임지는 돈은 결혼 비용 정도거든요."

돈을 들고 도망친 것은 이들이 아니라 여자다.

여자가 공범이라는 걸 입증하지 못하는 이상 그들이 책임질 것은 수수료 300만 원과 국제 비행기값과 체류 비용 정도다.

아마 이 경우는 500만 원쯤 될 것이다.

"그 대신 1억을 털어 갔죠. 아니, 한국에서 만났다고 하셨으니 비행기값과 체류비도 안 주겠네요."

"그, 그런……."

"현실이라는 게 그런 겁니다."

노형진은 힐끗 종찬수가 준 아내의 사진을 바라보았다.

베트남 사람으로 보이지 않는 외모다.

거기에다 그 미모 역시 상당하다.

"국제결혼을 생각하는 사람이라면 백 명이면 백 선택할 만한 외모입니다. 동남아 계열의 국제결혼을 하는 사람들이 고민하는 게, 아이들이 한국인과 다르게 보이는 것이거든요."

한국은 핏줄을 강하게 여긴다.

단일민족이라는 민족적 자존심도 있고.

그런데 이런 외모라면, 한국인과 크게 다르게 느껴지지 않을 아이가 태어날 가능성이 높다.

"그, 그런……."

"일단 제가 보기에 이건 명백한 사기 결혼입니다. 한국에서 만난 걸 봐서는 이미 다른 제삼의 피해자가 있을 것 같군요."

절망적인 표정을 하는 종찬수.

"흐흐흑."

결국 그는 울음을 터트렸다.

노형진은 그가 울게 놔뒀다.

자신이 선택한 반려가 자신을 배신했다는 것에 대해 얼마나 충격이 크겠는가?

'진짜 이런 게 미친 거지.'

그래서 노형진은 이런 식의 결혼에 대해 반대한다.

물론 국제결혼 자체를 반대하는 것은 아니다.

하지만 일단 소개를 받으면 서로에 대해 알아 갈 시간이 있어야 한다.

편지를 하든 전화를 하든 말이다.

그런데 출국해서 2주 안에 맞선 보고 결혼하고 입국하는 게 무슨 의미가 있단 말인가?

'그러고 보니 회귀 전에도 들은 소리가 있었지.'

모 국가의 모 지역에 있던 화류계 여성의 씨가 말랐다는 소리가 있었다.

그런데 그 이유가 웃기다.

죄다 한국으로 시집갔다는 것.

물론 뻥이 어느 정도 섞여 있는 말이기는 했지만, 그만큼 상대에 대해 전혀 모르고 결혼한다는 것이다.

'한국에서는 맞선 보고 아무리 빨리 결혼해도 다섯 번은 만난다.'

그런데 국제결혼은 그게 아니다.

일주일 사이에 잘해야 세 번 만난다.

그것도 말도 안 통한다.

심지어 어떤 곳은 그 세 번의 만남에 두 사람이 나간다.

그리고 최후의 한 사람을 고르는 구조다.

여자를 인간이 아닌 상품으로 대하는 구조.

그러니 제대로 된 결혼이 진행되기 힘든 게 사실이다.

그리고 그런 자들 때문에 정상적으로 영업하는 업체나 연애결혼 한 국제결혼 커플들이 욕먹고 말이다.

"하지만…… 흑흑…… 부모님도 만났는데…… 흐윽……."

"대역을 세우는 건 어렵지 않으니까요."

노형진은 입맛을 다셨다.

"일단 의뢰를 하시는 건 추천해 드립니다. 다만 이 상황에서는 소송을 하셔도 소개비 말고는 못 찾습니다."

노형진은 안타깝게 바라보았다.

경찰에 신고해 봐야 의미가 없다.

분명히 신분증은 위조된 것일 테니까.

그 사기꾼을 잡는 게 노형진이 해 줄 수 있는 최선이었다.

⚖️

"어?"

노형진은 아침 일찍 사무실을 출근하다가 대기석에 앉아 있는 여자를 발견하고는 멈춰 섰다.

"왜 그래?"

"아니, 저 여자."

"응?"

"저 여자, 그 여자 아니야?"

"그 여자라니? 네가 아는 여자야?"

"아니…… 그건 아닌데. 그 며칠 전에 여자가 도망갔다던 그 사건 기억나?"

"아, 기억나. 네가 말해 줬잖아. 한 명은 안 맡기고 그냥 갔다고."

"그래, 그랬지. 아, 그렇구나. 넌 사진을 못 봤겠네."

화를 내고 나가면서 서류를 가지고 갔으니, 손채림에게 넘어갈 때 그녀는 못 봤을 것이다.

"그때 그 서류에 있던 여자 같은데."

"뭐? 잘못 본 거 아냐?"

"아니야. 맞아. 분명히 그 여자야."

금발의 서구적인 모습의 여성이기는 하다.

아무리 외모가 낯설다고 하지만 고작 일주일 전에 본 모습을 잊어버릴 노형진이 아니다.

"아니, 여기엔 왜 온 거야?"

"잡혀 왔나?"

"그럴 리가."

노형진은 결국 그 사건을 수임하지 않았다.

물론 수임한다고 하면 해결해 줄 수는 있겠지만, 남자의 요구 조건이 너무 터무니없었기 때문이다.

잡아 오든가, 아니면 공짜로 다른 여자를 해 주든가라니.

"어쩌지?"

"음…… 이거 참……. 이건 처음 있는 일이네."

가해자와 피해자가 똑같은 변호사 사무실에 일을 맡기러

오다니.

"일단 대화를 좀 해 보자."

노형진은 그녀에게 다가가서 조심스럽게 입을 열었다.

"혹시 아니스 씨?"

"아니스, 맞아요."

그녀는 자신을 부르자 어눌한 한국어로 말했다.

아마도 자기 순번이 와서 부른 거라고 착각을 한 모양이었다.

"저기, 혹시 진문식이라는 사람 아십니까?"

아니스의 얼굴이 새파랗게 질렸다.

그리고 다급하게 가방을 챙겨서 바깥으로 나가려 했다.

손채림은 그런 그녀가 나가는 걸 만류하기 위해 입구를 막았다.

그러자 아니스는 거의 우는 것 같은 표정이 되었다.

"보내 주세요. 잘못했어요. 보내 주세요."

"진문식 씨는 여기 없습니다. 진정하세요."

"보내 주세요. 잘못했어요. 잘못했어요."

"어…… 진정, 진정하시고."

애석하게도 그녀는 러시아어 말고는 할 줄 아는 게 없었고, 한국어는 아주 어눌했다.

직원 중에 러시아어를 할 줄 아는 사람도 없었고.

"갈래요. 보내 주세요. 보내 줘요."

벗어나려고 하는 그 찰나, 손채림이 재빠르게 움직였다.

미리 깔아 둔 번역 어플에 말을 써서 그녀에게 내민 것이다.

잔문식은 여기 없습니다. 저희랑 관계도 없고요. 저희랑 계약하자고 했지만 저희가 거절했습니다. 그런데 아니스 씨가 온 걸 보니 의뢰하러 오신 것 같은데, 저희가 이야기를 들어 보고 싶습니다.

어플에 적혀 있는 내용을 보고 나서야 진정을 한 아니스.
노형진은 그걸 보고 안도의 한숨을 내쉬었고, 손채림은 잽싸게 몇 마디 이야기를 더 주고받았다.
그러고 나서 노형진을 보고 고개를 끄덕거렸다.
"일단 이야기해 보기로 했어."
"그래, 다행이네."
"그런데 비슷한 사건인데 정반대에서 일하게 생겼네."
"그렇게 되네."
노형진은 왠지 기분이 묘해서 피식 웃을 수밖에 없었다.

⚖

아니스와 대화하는 것은 오래 걸리지 않았다.
그녀가 한국말을 하지 못하다 보니 정작 딱딱 필요한 이야기만 통역기로 전해 줬기 때문이다.
아무래도 손채림과 대화하는 게 편할 듯해서 그 둘이 대화

하게 두고 방에서 나온 노형진은, 몇 시간 뒤에 정리된 보고
서를 보고 혀를 끌끌 찼다.

"진문식 그놈이 미친놈이네."

"그런 것 같아. 아니, 사람을 어떻게 이렇게 대하지?"

"그 녀석은 사람을 사랑해서 결혼한 게 아니잖아."

돈이 있으니까 그냥 자기 섹스 파트너를 사 온 거라고 생
각한 것이 분명했다.

"그래도 이건 너무하지."

도대체 뭘 먹었는지, 하루라도 관계하지 않는 날이 없었다
고 한다.

게다가, 그것까진 이해한다 쳐도, 관계를 맺으면서 상당히
변태적인 플레이를 선호했다고 한다.

자기 말을 안 들으면 다시 러시아로 쫓아 보낸다고 겁을
주고 말이다.

"거기에다 생활비도 거의 안 줬어."

집 안에서 먹고 마시고 하는 딱 그 정도만 비치해 두고, 현
금이나 카드도 일절 주지 않았다.

그래서 아직 한국어가 어설퍼서 취업이 불가능한 그녀 입
장에서는 돈을 벌 수가 없었다.

"결국 식성과 맞지 않는 식사를 강요받았고. 그나마도 진
문식이 집에 있을 때만이라니."

가장 웃긴 건, 그녀가 살찌는 것을 막는다는 이유로 냉장

고에 자물쇠를 달아 두고 자기와 함께 먹을 때만 문을 열어 줬다는 거다.

"이건 누가 봐도 인신매매한 거나 마찬가지인데."

사람을 사람으로 대했다면 이런 취급은 할 수가 없다.

즉, 진문식은 아니스를 사람이라기보다는 자기 성욕을 해결하는 대상으로 삼았다는 뜻이다.

"아무래도 러시아 사람들은 한국 법에 무지하니까."

아는 사람이 없으니 이혼소송을 하기도 힘들다.

이혼소송을 한다고 해도, 그럴 돈도 없고 말이다.

"그런데 종찬수는 정반대네."

응 휘웬이라 불리는 아내에게 최선을 다했다.

한국어 교재도 사다 주고, 종찬수 본인도 베트남어 학원에 다니고, 한국 음식이 입맛에 안 맞을까 봐 자주 베트남 음식을 사다 줘서 집 안에 베트남 음식 재료가 가득했다.

"그런데 응 휘엔은 전 재산을 들고 튀었지."

"사진까지 하나도 안 남겼다잖아."

집 안에 있던 사진은 모조리 태워 버렸다.

그리고 실종 전에는 몰래 종찬수의 핸드폰도 훔쳤다.

사진을 남기지 않기 위해서다.

주변 사람들이 사진을 찍는 것도 무척이나 싫어했다고 한다.

그래도 시어머니가 가지고 있던 사진이 있어서 얼굴을 알 수 있었지만.

"수사를 피하고 싶은 거지. 사진이 있으면 특정하기 편하잖아."

"그러면 애초에 작심하고 왔다는 거야?"

"그래."

"끄응…… 국제결혼이 이런 경우가 많아?"

"없다고는 말 못 하지. 한국인끼리 결혼하는데도 사기 결혼이 그렇게 많은데, 국제결혼에서 사기 결혼이 없겠냐?"

노형진은 혀를 끌끌 차면서 서류를 덮었다.

"비슷한데 정반대의 사건이네. 동시에 진행할 거야?"

"그러지, 뭐."

변호사 노릇을 하다 보면 한꺼번에 여러 개의 사건을 처리할 수밖에 없는 경우가 많다.

사건이 스물네 시간 계속 벌어지는 것도 아니고, 사실 대부분의 재판은 마냥 기다리는 것 말고는 방법이 없으니까.

"어느 쪽부터?"

"일단 응 휘엔 쪽을 캐 보려고."

아니스야 안전한 곳으로 대피한 상태이고 단순 이혼소송을 해야 하는 상황이니, 급한 것은 응 휘엔이었다.

돈을 들고 도망가면 답이 없으니까.

"문제는 그녀가 어디에 있는지 알 수가 없다는 거잖아. 소개해 준 녀석들도 모른다고 하고."

"안다고 하더라도 모른 척하겠지."

응 휘엔은 사기를 치고 도망갔다.

이런 경우 남자를 소개해 주는 건 다름 아닌 기업이다.

그러니 그들에게 연락처가 없다면 사기도 치지 못한다.

"그러니 응 휘엔에 대한 수배를 해야지."

"사진으로 될까?"

손채림은 고개를 갸웃했다.

응 휘엔이라는 이름 자체도 사실 확실하지 않다.

가짜 신분으로 결혼했을 가능성이 높으니, 응 휘엔이라는 이름도 가명일 가능성이 높다.

"경찰에다 신고를 한다고 해도 추적은 힘들 거야."

"그렇겠지. 이미 꽁꽁 숨겨 둔 상황일 테니. 그러니 우리는 다른 쪽을 노려야지."

"다른 쪽?"

"그래. 베트남에서 일하러 온 사람들."

"어?"

"말이 안 통하는 상황에서, 사람은 결국 비슷한 행동을 하게 되거든."

각 나라마다 무슨 무슨 타운이 생기는 것은, 그 나라만의 문화를 향유하는 곳을 원하기 때문이다.

아무리 말이 능숙해진다고 해도 그 자신의 뿌리부터 부정할 수는 없는 노릇.

그래서 외국에 차이나타운이나 코리아타운 같은 게 생기

는 것이다.

"베트남인들이 자주 모이는 곳이 분명히 존재하지."

"으음."

"그리고 베트남인들이라고 해서 예쁜 걸 모르겠어?"

응 휘엔의 외모는 누가 봐도 뛰어나다.

그러니 같은 공동체 안에서 생활하다 보면 누군가는 그녀에게 연심을 품을 수도 있다.

"그 연심이 과연 돈을 이길 수 있을는지는 알 수가 없지, 후후후."

노형진은 다음 날부터 베트남인들이 활동하는 곳을 집중적으로 털기 시작했다.

애초에 이름 자체가 가짜일 가능성이 높기 때문에, 응 휘엔이라는 이름 자체는 감추고 오로지 사진만 들고 찾아다녔다.

그런데 얼마 지나지 않아서 생각지도 못한 일을 당하게 되었다.

"이거 그 사람 맞지?"

"으음…… 맞는 것 같다. 아무래도 우리와 같은 생각을 한 사람이 있나 본데?"

벽에 걸려 있는 벽보.

사람을 찾는다는 설명이 붙어 있는 벽보다.

그런데 그 사진 속의 인물은 다름 아닌 응 휘엔이었다.

"이름이 달라."

"예상대로군."

벽보에 있는 건 '부이 항'이라는 이름이었다.

"똑같은 생각을 하는 사람이 있었던 거야?"

"사실 그게 정상이지. 내가 생각한 건 특별한 게 아니거든."

해외에서 한국으로 시집왔는데 자국민 커뮤니티에 관심이 없다면 그게 이상한 거다.

아예 정치적 망명을 한 거라면 모를까.

그런 조직에는 스파이가 있을 수 있으니 말이다.

"일단은 만나서 이야기해 보자."

노형진은 전화기를 들어서 그곳에 적혀 있는 번호로 전화를 걸었다.

채 몇 시간도 지나지 않아서 상대방은 노형진이 있는 곳으로 왔고, 그곳에서 제대로 대화를 할 수 있었다.

"응 휘엔이라고요? 허!"

눈을 찌푸린 남자는 한심스럽다는 듯 고개를 흔들었다.

"전혀 몰랐습니다. 저와는 무려 5개월이나 살았지만."

"5개월이라……."

부부 생활을 했다고 보기에는 무척이나 짧은 시간이다.

그리고 그런 응 휘엔의 시간적 흐름을 보자면, 종찬수를 만나기 전전쯤 될 사람일 가능성이 높았다.

"단순히 시간만 봐서는 피해자가 못해도 다섯 명은 넘겠네요."

노형진은 혀를 끌끌 차며 말했다.

예상대로 그녀에 대한 모든 정보가 가짜였다.

눈앞의 남자가 알고 있던 '부이 항'이라는 이름 자체도 가짜일 가능성이 높았다.

"그리고 처음 만난 곳이 한국이었다고요?"

"후우, 네."

아니나 다를까, 남자의 재산을 가지고 도망갔다는 것.

그런데 소개를 시켜 준 회사가 달랐다고 한다.

"사기꾼이 회사를 만드는 거야 어렵지 않으니까. 문제는 그게 아니지만."

"그게 아니라고?"

"기껏 회사를 만들었는데 한 명한테만 사기를 치겠어?"

"아!"

응 휘엔 말고도, 같은 짓을 하는 여자들이 또 있을 거라는 뜻이다.

사기꾼이 사기를 칠 때 한 사람만 고용할 리가 없으니까.

그리고 응 휘엔이든 부이 항이든, 그 여자의 경우도 밝혀진 게 둘일 뿐 알려지지 않은 다른 피해자들이 분명 더 있을 것이고.

"아무래도 이번 일은 쉽게 해결되지 않겠는데?"

노형진은 머리를 북북 긁으며 말했다.

⚖️

"역시나 예상대로야."

손채림은 그 회사들에 대해 조사하고 나서 고개를 절레절레 저으며 말했다.

"회사들 중에 설립한 지 1년이 넘은 곳이 없어. 대부분 1년도 안 되어서 회사 자체가 사라졌어."

"대표는 바지 사장이고?"

"맞아."

대표는 바지 사장이다.

아니, 단순히 바지 사장 정도가 아니라, 아무것도 모르는 노숙자들이 대부분이다.

"그리고 피해자들이 얼마나 되는지도 알 수도 없고."

"경찰은?"

"방법이 없다는 투야."

신고를 했지만 신분증도 가짜다.

외국인이니 추적도 힘들다.

"거기에다 일방적인 가출이라고 접수하는 경우도 적지 않았고."

"확실히 그렇기는 하지."

이런 사건은 누가 봐도 사기다.

하지만 경찰은 이걸 단순 가출로 보고 추적조차 하지 않는 경우가 대부분이었다.

"사실 경찰 입장에서는 이런 사건이 쉽지 않으니까."

사진 하나만 가지고 추적해야 하는데, 한 지역이 아닌 전국을 무대로 활동하는 사기꾼, 그것도 외국인을 잡는다는 것은 불가능에 가깝다.

"공항에서 잡으면 좋겠지만 기대하기가 어렵고."

수배를 내린다고 해도, 수배자의 얼굴을 다 아는 사람은 없다.

그래서 공항에서는 신분증으로 상대방이 누구인지 확인하고 잡는데, 응 휘엔 같은 사기꾼의 경우에는 신분증도 위조하다 보니 잡을 가능성이 낮다.

"그러면 우리 계획을 좀 바꿔야겠는데."

"어째서?"

"생각해 봐. 그런 식으로 자주 사기를 치고 다니는 놈들이라면 일반적인 추적 방법은 충분히 예상할 거야. 전에도 말했지만 동향 사람들을 추적하는 것은 기본 중의 기본이라고."

"그 말은, 그놈들이 이미 예상하고 당분간 활동하지 않을 거라는 뜻이구나."

"그래."

거기에다 종찬수의 사건은 서울에서 벌어진 거다.

그런데 다른 사건은 강원도에서 벌어졌다.

즉, 각 지역을 돌아다니면서 사기를 치고 다닌다는 뜻이다.

"그러면 어떻게 추적을 하지?"

"글쎄."

노형진은 곰곰이 생각에 빠졌다.

한두 번 해 본 솜씨가 아니다.

거기에다 사진도 철저하게 지운다.

'가족들이 몰래 찍은 사진이 있기는 하지만.'

그 외의 사진은 거의 없다.

설사 사진이 있다 해도, 추적은 사실상 불가능하다.

"잠깐만."

문득 노형진의 머릿속을 스치는 생각이 있었다.

"혼인신고는 멀쩡하게 되었단 말이지?"

"맞아. 그런데?"

"어떻게 그게 가능했을까?"

"응?"

"아니, 이야기를 들어 보면 혼인신고는 멀쩡하게 잘했다고 했잖아."

그 많은 사람들이 혼인신고를 하지 않고 살지는 않았을 것이다.

그런데 혼인신고는 멀쩡하게 되었다.

"그게 무슨 의미가 있는데?"

"의미가 있지. 서류를 조작하는 방법은 두 가지거든."

하나는 아예 새롭게 만드는 것.

하지만 아예 없는 것을 만들기 때문에, 공신력 있는 기관이 조사하기 시작하면 가짜라는 것이 드러난다.

두 번째는 기존의 서류를 변조하는 것.

가령 외국인에게 신분증이나 마찬가지인 여권의 경우, 사진만 살짝 떼어 내고 직인을 위조해서 찍어 버리면 속이는 게 어렵지 않다.

"혼인신고를 하기 위해서는 일단 여권이 제대로 작동해야 해. 신고하러 갔는데 여권이 존재하지 않는 것이라면 정부에서 허가가 나오지 않거든."

사실 신분증을 만드는 것은 생각만큼 허술하지 않다.

아무리 외국인이라고 해도, 이름만 써 낸다고 혼인이 성립되는 것은 아니다.

"그 말은, 여권의 주인이 분명히 존재한다는 거지. 다만 다른 사람일 뿐."

"그게 무슨 의미가 있어? 당사자가 아닌데."

"의미가 있어. 너 같으면 신분증을 잃어버리면 어떻게 하겠어?"

"당연히 정지시키지."

"그런데 왜 그 여권이 정지되지 않을까?"

"아!"

생각해 보지 못한 부분이었다.

여권이 정지되지 않고 잘 작동하는 것.

그건 분실한 사람이 신고하지 않았다는 것이다.

상식적으로 말이 안 되는 소리다.

"아마 내 예상으로는, 그 여권을 돈을 주고 팔았을 거야."

어차피 대부분의 베트남 여성은 한국에 입국할 일이 없다.

특히 가난한 여성들은, 한국은커녕 도시에도 가지 못하는 것이 현실이다.

그러니 사기꾼들이 여권을 비싼 값에 팔라고 하면 분명히 파는 사람들이 있을 것이다.

"한국도 마찬가지잖아."

돈을 주고 명의를 사서 대포 통장을 만들어 쓰는 것이 현실이다.

"그러니 그들을 조사하자."

"베트남 사람들인데? 그곳을 다 돌자고?"

"그럴 필요는 없을 거야."

신분증을 사는 것은 아무리 베트남이라고 해도 불법이다.

그렇다면 가난한 동네에서 소문을 내서, 한꺼번에 샀을 가능성이 높다.

그래야 주변에 소문이 돌지 않을 테니까.

"그리고 조사를 하다 보면 분명 뭐든 나올 거야."

노형진은 일단 베트남에 있는 새론 지부에 부탁하고 손채
림과 함께 베트남으로 향했다.

그사이 베트남 지부에서는 해당 신분을 조사했고, 얼마 지
나지 않아 어렵지 않게 그 지역이 어딘지 알아낼 수 있었다.

"가난한 동네더군요."

베트남 지점의 담당자는 노형진에게 보고서를 건네며 말
했다.

"부탁하신 대로 신분을 조사해 봤습니다. 모두 한곳에서
나온 여권이더군요."

"그래요?"

"네. 그리고 그곳에서 여권을 판매한 여성이 마흔여덟 명
더 있습니다."

손채림은 깜짝 놀랐다.

"아니, 그 행위가 뭘 뜻하는지는 알고 한 일인가요?"

"그걸 알기에는 학업이 부족한 분들이죠. 그나마 제일 나은
사람이 한국 기준으로는 초등학교를 졸업한 수준이니까요."

"허."

"들어 보니 한국 돈으로 한 사람당 100만 원씩 줬다고 하
더군요. 그곳의 한 달 임금이 20만 원이 안 됩니다. 빈민들은
잘해 봐야 10만 원 좀 넘는 임금을 받을 테고요. 여권을 쓸

일이 없다는 점을 생각한다면, 거의 1년 연봉을 한 번에 받는 셈이지요."

그리고 그게 얼마나 위험한 일인지도 모르고, 그들은 사기꾼들이 요구한 대로 여권을 신청해서 넘겼던 것이다.

"그러면 지금은 상황이 어떤가요?"

"지금 온 동네가 난리가 났습니다. 사실 그 지역에 있는 결혼 적령기의 여성은 다 팔았다고 봐야 하거든요."

그런데 사기꾼들이 그걸 가지고 사기를 치는 바람에 그 돈을 대신 물어 줘야 한다는 말에, 그 지역 사람들은 대성통곡을 하고 몇몇은 식음을 전폐하고 앓아누웠다고 한다.

"그럴 만하죠. 한 달에 10만 원이나 간신히 받는 사람들에게 무려 수천만 원에서 수억의 돈을 배상하라고 했으니까요."

"음, 법적으로는 그게 맞기는 한데."

그들이 자신들의 신분증을 판 이상 그 책임을 일부 지는 것은 맞다.

하지만 현실이라는 건 그리 만만한 게 아니다.

"진짜로 받으려고? 그게 가능해?"

"가능하겠어?"

그들이 사는 집도 그들의 집이 아니다.

그냥 정부 땅이나 빈 땅에 건축자재를 얼기설기 쌓아 올린 곳이다.

"받고 싶어도 받을 수가 없어."

"그런데 왜 그런 소리를 한 거야?"

"책임을 느끼게 해 줘야 그들이 뭐든 하려고 할 거 아니야."

"응?"

"다짜고짜 책임지라고 하면 지겠어?"

"그건 아니지."

"하지만 우리가 미리 사람을 보내서 시간을 줬잖아."

그러니 그들은 책임을 면하기 위해 최선의 노력을 다했을 것이다.

그리고 그중 몇몇은 그 여권을 사 간 사람이 누군지 기억해 냈을 가능성이 높다.

"아, 그러니 가서 이야기를 들어 보자?"

"그래. 원래 고양이가 쥐를 몰 때도 도망갈 구석은 만들어 놓는다고 하잖아."

도망갈 구석이 없으면 그들은 포기한다.

어차피 막장이니까.

더 이상 떨어질 곳도 없으니 죽음을 선택하거나 아예 무시할 것이다.

"맞습니다. 그걸 사 간 사람에게 대한 신고를 해 주면 처벌을 면해 주고 100만 원의 포상금을 주겠다고 하니까 다들 머리를 쥐어짜더군요."

담당자도 미소를 지으며 말했다.

"가 보면 이야기를 들어 볼 수 있겠지."

노형진은 천천히 마을로 들어갔다.

사실 마을이라고 하기에도 애매하다.

그 마을 자체가 워낙 쓰레기투성이인지라 냄새가 심해서 들어갈 수가 없다 보니, 마을 사람들이 모두 마을 바깥의 공터에 모여 있었으니까.

"우엑."

차에서 내리던 손채림은 무심코 공기를 들이마시다가 헛구역질을 했다.

"아니, 뭔…… 냄새가……."

"근처에 쓰레기 하치장이 있어서 그렇습니다."

"쓰레기 하치장요?"

"네. 이들은 대부분 거기서 쓸 만한 물건을 골라내서 파는 걸로 생계를 이어 갑니다."

"허, 어떻게 이런 일이."

"어떻게 이런 일이 아니야. 우리나라도 한때 그랬다고."

"극단적 빈익빈 부익부의 현실이지요."

위에서 돈을 모조리 독식하면서, 아랫사람들은 그들이 버리는 쓰레기로 먹고살 수밖에 없게 된 것.

"참 웃긴 일입니다. 한때는 공산주의를 지키기 위해 전쟁을 했던 곳이 베트남인데 말이지요."

안내하던 사람은 씁쓸하게 말했다.

"그런데 지금은 극단적 자본주의가 지배하고 있으니까요."

"뭐, 독점이라는 건 언제나 문제가 생기는 법이지요."

노형진은 어깨를 으쓱했다.

"자본주의가 승리했다, 그 말은 자본주의를 막을 방법이 없어졌다는 것과 마찬가지니까요."

"틀린 말은 아니네요."

그들은 애써 대화를 하면서 최대한 코의 감각을 줄이고 나서야 사람들에게 접근할 수 있었다.

제대로 물도 나오지 않는 곳에서 그들이 씻을 수 있는 방법은 없으니까.

"안녕하십니까!"

안내자는 소리를 크게 질렀다.

그러자 주민들은 약간은 불안한 표정을, 그리고 약간은 기대하는 표정을 지으며 그를 바라보았다.

"찾았나 보군."

"어떻게 알아?"

"표정을 봐. 불안감보다는 기대감이 더 크잖아. 즉, 돈을 줄 걱정보다는 받을 생각을 우선한다는 거지."

"아하!"

손채림은 그제야 사람들의 표정을 보면서 고개를 끄덕거렸다.

공포가 아예 없는 건 아니지만 절망에 빠지지는 않았다.

즉, 벗어날 방법을 안다는 의미다.

"전에 말씀드렸다시피 저희가 찾는 건 여권을 사 간 사람들입니다. 그리고 그들에 대한 정보를 주신 분들에게는 한 가구당 100만 원의 포상금을 드리겠습니다. 그뿐만 아니라 그들을 잡을 수 있다면, 설사 말씀을 못 해 주신다고 해도 책임을 면제해 드리겠습니다."

어차피 받지 못하는 것과 책임이 면제되는 것은 전혀 느낌이 다르다.

아무것도 기억해 내지 못한 사람들도, 그 말을 듣자 잔뜩 기대하는 얼굴로 몇몇 여자들을 바라보았다.

"저 여자들이군."

아니나 다를까, 몇몇 여자들이 앞으로 나왔다.

자기들 입장에서는 나름 좋은 옷을 입은 것처럼 보인다.

딱 봐도 버린 옷을 주워 입은 것 같기는 하지만 말이다.

"거참, 이상하네."

"뭐가?"

"한쪽에서는 한류를 외치는데 한쪽은 생존이 관건이니."

"원래 세상이란 그런 거야."

그러는 사이 그녀들이 조심스럽게 입을 열었다.

그러자 안내자는 그녀들의 말을 노형진과 손채림에게 통역해 주기 시작했다.

"안녕하세요."

"네, 반갑습니다. 이야기는 들으셨지요?"

"네, 아, 네. 제 이름은 응 휘엔이라고 해요."

"네?"

손채림은 깜짝 놀랐다.

설마 그 이름의 주인을 여기서 보게 될 줄은 몰랐기 때문이다.

"응 휘엔이라고요?"

"네, 맞아요."

"아⋯⋯."

"왜 그러세요?"

"아니, 저희한테 사기를 친 여자가 당신 이름을 썼습니다. 당신 여권을 이용해서 결혼을 하고, 그분의 재산을 가지고 도망갔지요."

순간 응 휘엔의 얼굴이 어두워졌다.

설마 그런 일에 쓸 줄은 몰랐다.

애초에 여권이 뭔지도 몰랐다.

그냥 신청서에 도장만 찍으면 100만 원을 준다고 해서 한 것뿐이었다.

"법적으로는 당신이 책임져야 하는 거지만, 도와주신다고 하니 그 책임을 면해 드릴 겁니다."

"감사합니다."

"그러면 그 사건에 대해 자세하게 이야기를 들어 볼 수 있을까요?"

노형진의 말에, 여자들은 자신들이 겪었던 일을 차근차근 이야기하기 시작했다.

다행히 노형진의 예상대로 여권을 사러 온 사람은 한꺼번에 여러 개의 여권을 사고자 해서 여자들을 설득하느라고 자주 왔다고 했다.

한 명이 판다고 하면 그 사람을 통해 다른 사람을 소개받는 식으로 구입을 하려고 했다는 것.

'그랬겠지.'

여러 사람에게 자꾸 접촉하면 문제가 되니까.

하지만 한 지역에서 한꺼번에 구입하면, 자기 주변 사람 때문에라도 신고는 꺼리게 되니까.

"그때 저한테 같이 일하자고 했어요."

"같이 일하자고 했다고요?"

"네."

노형진은 그녀를 물끄러미 바라보았다. 그리고 그녀가 일반적인 베트남 사람과 다르다는 것을 알아차렸다.

'꼬질꼬질하기는 하지만…….'

그녀는 베트남의 전통적인 원주민이라기보다는 한국 사람에 가까웠다. 베트남에 적지 않은 중국인들이 들어와서 살았으니, 어쩌면 그녀의 조상 중에 중국인이 있을지도 모른다.

'어느 쪽이든, 중요한 건 그녀가 한국인이 추구하는 모습이랑 비슷하다는 거지.'

옛날에는 혼혈로 태어난 아이를 '튀기'라며 놀리는 경우가 많았다고 한다. 그만큼 한국인의 순혈주의는 강한 편이다.

시대가 많이 바뀌었다고 하지만, 여전히 가난한 나라에서 온 여성에 대한 편견이 사라진 것은 아니다.

'그런 의미에서 한국인과 비슷한 외모는 분명 플러스 요인이야.'

그러니 그런 외모를 가진 사람을 발견했다면 포섭하려고 했을 가능성이 높다.

"그런데 왜 일하지 않았나요?"

"한국으로 가야 한다고 했거든요. 그런데 저는 이미 결혼할 사람이 있어서."

결혼을 약속한 사람이 있으니 아무래도 그 사업이라는 것에 참가할 수는 없었을 것이다.

그건 그녀에게 다행이었다.

"그런데 그때 저한테, 할 거면 시내에 있는 호텔로 오라고 했어요."

노형진은 고개를 번쩍 들었다.

"그 호텔, 기억하시나요?"

"네, 시내에 있는 칼스 호텔이었어요. 그때 설득이 끝날 때까지 그곳에서 지낸다고 했어요."

노형진은 눈을 반짝거렸다.

드디어 녀석들의 꼬리를 잡는 데 성공했기 때문이다.

끼리끼리 만나네, 진짜

요즘 호텔은 투숙객을 허술하게 받지 않는다.

아예 작심하고 위조 여권을 만들어서 접근한 것이라면 모르겠지만, 다행히도 그들은 위조 여권을 만들 정도로 사기에 공을 들이지는 않았다.

아니, 만들 수 없었을 것이다.

"요즘은 테러 사건 이후에 명의는 확실하게 하는 편이거든. 특히 호텔 같은 곳은."

노형진의 말에 손채림도 안다는 듯 고개를 끄덕거렸다.

"9.11 테러 이후에는 더더욱 그렇지."

전에는 그냥 와서 명의를 적으면 투숙할 수도 있었다.

하지만 관광지에 있는 일정 이상 수준의 호텔은 무조건 신분증이 필요했다.

다행히 그들이 숙박했던 호텔은 그런 수준이었고.

그래서 최인순과 그 패거리는 자기 명의로 투숙할 수밖에 없었다.

"최인순이라……."

한국으로 돌아온 노형진은 그들을 잡을 생각을 하면서 고민했다.

"일단은 혼인 무효 소송부터 진행하는 것이 정상이야."

"어째서? 증언은 남아 있잖아."

그곳에서 여권을 팔았던 가난한 여성이 했던 증언들.

그 증언만 있으면 그들을 고발하는 건 어려운 일이 아니다.

"그건 그렇지. 하지만 그런다고 해도, 저쪽도 그 부분을 걸고넘어질 거야. 가난한 사람들을 포섭해서 그들에게 거짓말을 시킨다고."

"그래서 선택한 게 바로 혼인 무효 소송이구나."

"그래."

혼인 무효 소송이란 결혼을 취소한다는 뜻으로, 이혼과는 목적이 다르다.

이혼은 혼인 관계를 중단하는 걸 뜻하지만, 이건 아예 결혼 기록 자체가 삭제된다.

그만큼 일반적으로 받기 힘든 것이 사실이지만……

"이건 저쪽이 끼어들 여지가 없거든."

이 소송의 당사자는 노형진의 의뢰인과 베트남의 여성들이다.

그리고 기본적으로 행정소송이다.

즉, 형사적으로 그들을 처벌하는 게 아니기 때문에 최인순을 비롯한 그들의 일파가 끼어들 여지가 없다.

"그 후에 그 무효 기록을 가지고 고발하면 그들이 우리가 거짓말한다는 소리를 못 하게 되지."

"하여간 머리는 좋아요."

"머리 써야 이기는 거 아니겠어? 하루 이틀도 아니고, 정공법으로 싸우면 귀찮기만 하잖아."

"그러면 그사이에 아니스 사건을 해결하겠네?"

"그래야지."

동시에 비슷한 사건이 진행 중이다.

그 원인은 다르지만 말이다.

"일단 아니스 사건 같은 경우는 남자가 문제인데 말이지."

아니스 사건의 경우 남자가 과도한 폭력성과 성적 집착을 보여서 아니스가 도망간 것이다.

애초에 아니스가 다른 목적이 있어서 한국에서 결혼한 게 아니었다.

가난을 피해서 한국으로 온 것은 사실이지만.

"문제는 이걸 증명할 방법이 없다는 거야."

손채림은 머리를 긁적거렸다.

아직 미혼인 그녀 입장에서 들은 이야기는 어이가 없다 못해 더럽다고 느낄 만큼, 남편인 진문식의 행동이 괴상했다.

"나도 봤다. 그놈이 제정신이 아닌 것 같기는 하더만."

평균 관계 횟수 3회 이상.

거기에다 이상 성벽으로 인해 소위 말하는 성인용품을 가지고 여자를 괴롭히는 성벽이 있다.

사람을 아예 성욕 처리용 대상만으로 보는 그의 행동은 정상적인 행동을 하는 사람의 그것이 아니었다.

"하루 평균 3회라니 그게 가능해?"

"약 먹었다잖아."

"아무리 그래도 그렇지."

그 3회라는 숫자는 아침, 점심, 저녁으로 나눠서 한 게 아닌, 한 번에 하는 횟수다.

아침이건 저녁이건 발동 걸리면 그 짓 하는 기계가 되어서 덤빈다는 거다.

아니스의 증언에 따르면 심하게는 하루에 아홉 번을 했다고 한다.

"아무리 정력이 좋은 남자도 그렇게까지 그 짓은 못하거든. 아마 다른 약물의 도움을 받았을 거야."

"그게 좋은 건 아니잖아."

"담배가 좋아서 피우냐? 아마도 중증의 섹스 중독이겠지."

"섹스 중독?"

"그래. 섹스라는 게 딱히 더럽거나 성스러운 행동이 아닌 일상적인 관계이기는 하지만, 중독될 수 있거든."

과하면 부족하느니만 못하다는 말이 있다.

섹스 중독 역시 심각한 정신병적 질환이다.

"그래서?"

"그래서는 무슨 그래서야. 그 부분을 공략해야지."

"어떤 식으로?"

"아니스의 말대로라면 여자 없으면 못 살지 않겠어? 그리고 아니스가 도망친 지 얼마나 되었는데?"

"아하!"

여자 없이 살지 못하는 인간들이 있다.

강간범과는 다르다.

노형진의 말대로 섹스 중독 같은 정신병에 걸린 것이다.

"그런 인간이라면 어떤 식으로든 다른 여자를 건드리고 있겠지. 그리고 아직 아니스와 그는 부부야."

"위자료 청구를 할 셈이구나!"

"맞아. 그러면 아니스가 완전히 쫓겨나지는 않을 거야."

아니스가 도망간 것은 사실이다.

거기에다 결혼한 지 얼마 되지 않았다.

그러니 재산 분할은 불가능하다.

하지만 위자료라면 이야기가 달라진다.

"그녀가 도망간 부분도 정상참작의 여지가 있어. 그런데 아직 결혼 생활이 이어지고 있는 상황에서 그가 다른 여자를 건드렸다면 그건 명백하게 불륜이지."

물론 아주 많은 돈은 아니겠지만, 최소한 아니스가 러시아로 돌아가서 생활을 이어 갈 만큼은 가능할 것이다.

"그러면 무슨 수로 그 사람이 섹스 중독인 걸 증명해? 설마, 정신병원에 가서 '같이 검사합시다.'라고 하려는 건 아니겠지?"

"아니야. 하지만 중요한 점을 간과하면 안 되지."

"응?"

"그는 섹스 중독이야. 섹스는 상대방이 있어야 성립될 수 있는 행동이지."

"그러니까 불륜으로 몰아가자는 거잖아."

"한국에서 아내가 없는 상황에서 그 정도 성욕을 받아 줄 사람을 찾는다는 건 쉬운 게 아니지. 한 곳만 빼고."

그는 자신의 성욕을 처리할 수 있는 다른 사람을 찾을 수밖에 없을 것이다. 물론 성매매에는 여러 형태가 있지만, 그의 그런 변태 성욕을 받아 줄 정도의 곳은 한 곳뿐이다.

"그리고 그 정도 중독 증세면 그 바닥에서 아주 소문이 파다하게 났을걸."

⚖

"진문식요?"

"네, 아십니까?"

노형진은 진문식이 갈 수 있는 곳, 즉 진문식이 갈 만한 술집들을 찾아다니기 시작했다.

그 결과, 몇몇이 비공식적으로 접촉을 했다.

그에 대한 대가를 지불하기로 했기 때문이다.

"변태죠. 완전 변태."

"맞아, 맞아! 와, 방에 오자마자 가방을 여는데 미친, 인공 거시기를 몇 개를 꺼내더라."

"흠흠."

노형진은 자칫 음담패설로 흐를 가능성을 막기 위해 중간중간에 사람들을 환기시키면서 차근차근 다시 물었다.

"그 사람 유명한가요?"

"유명하죠. 여자라면 눈깔을 뒤집죠."

가장 연장자로 보이는 사람이 고개를 끄덕거렸다.

"이 근처 여자들 중에서 그 사람 손님으로 안 받아 본 사람 없을걸요. 돈이 많은 건 사실이지만 그다지 손님으로 받고 싶은 타입은 아니라서요."

"그래요?"

"네, 아까 말했다시피 변태예요."

돈이 많아서 여자들이 그에게 달라붙는 게 아니다.

도리어 한 번 그를 만난 여자들이 다시는 그를 만나려고 하지 않아서, 어쩔 수 없이 다른 여자가 만나다 보니 이런 상황이 되었다는 것이다.

"그 인간, 벌써 블랙에 올라서 이 근처에서는 안 받아 줄 거예요."

"블랙요?"

"블랙리스트요."

블랙리스트.

그게 업소에도 있다.

심한 변태거나 문제를 일으킨 손님들을 받지 않기 위해서다.

'확실히 그런 사람이라면 충분히 오르고도 남지.'

상대방을 존중하는 게 아니라 말 그대로 도구나 짐승 취급하는 사람이니까.

"그러면 요즘은 어디에 갔는지에 대해 이야기 들어 보셨습니까?"

"아니요 못 들어 봤어요."

"못 들어 봤다고요?"

"네. 아무리 돈이 많다고 해도, 그 짓을 하는 데 들어가는 돈이 한두 푼도 아니잖아요."

술집에서 관계하기 위해서는 돈을 내야 한다.

절대 작은 돈이 아니다.

'그러고 보니 그러네. 그 부분을 생각을 못 했네, 돈.'

한 번 만나는 비용 20만 원에, 하루 평균 5회 하는 걸로 계산해도 100만 원이다.

그렇게 한 달이면 3천만 원.

그가 아무리 부자라고 하지만 그걸 감당할 수는 없을 것이다.

"이야기를 듣기로는 러시아에서 신부를 데리고 왔는데 튀었다고 하던데."

노형진은 씁쓸하게 웃었다.

누가 봐도 의뢰인의 이야기다.

"그러면 다른 방법을 찾았을 거라는 건데……."

머리를 북북 긁는 노형진.

'어떤 식으로?'

그가 가진 섹스 중독은 정신병이다.

'이제부터 참아야지.'라는 생각으로 참을 수 있는 게 아니다.

'다른 지역으로 갔나? 그럴 수도 있지만, 동선에는 그런 게 안 보이던데.'

이미 진문식에게는 사람들을 붙여 놨다.

그는 전형적인 돈 있는 한량이다.

일은 하지는 않는다.

하지만 집 주변에서만 뱅뱅 돌면서 논다.

'이상하네.'

고개를 갸웃하는 노형진.

그 순간, 거기에 있던 여자 한 명이 손뼉을 짝 쳤다.

"아, 나 뭐 하나 기억났다."

"뭘?"

"네 가게에 약간 미친놈, 아니 미친년 하나 있잖아."

"미친년?"

"그 뭐냐, 남자 발정 나서 자기 발로 기어들어 온 년."

"아…… 기억난다. 여자 진문식 아냐, 걔."

아마 그 여자도 섹스 중독인 모양이었다.

그러니 자발적으로 이런 곳으로 들어왔겠지.

"그나마 그 애가 걔랑 제일 많이 만났지 싶은데?"

"비슷한 연놈끼리 잘 만났네, 깔깔깔."

또다시 음담패설로 흐르는 분위기에 노형진은 다시 헛기침을 했다.

"흠흠, 그런데요?"

"뭐, 여기로 흘러온 년이기는 하지만, 나쁜 년은 아니거든요."

그럴 수도 있다.

그건 개인적인 정신병이지 남에게 피해를 주는 정신병이 아니니까.

"진문식이야 워낙 변태라 그 애도 질려서 나중에 포기했지만. 그런데 마지막에 만날 때 그런 소리를 했대요."

"뭔 소리를?"

"자기 하렘 차리는데 너도 올 생각 없냐고."

"하렘?"

"이건 또 뭔 개소리야?"

하렘이라는 말에 어이가 없다는 표정이 되는 사람들.

하지만 노형진은 자신이 뭘 놓치고 있는지 알아차렸다.

⚖️

"하렘?"

"그래. 기억나? 내가 전에 그런 사건 한번 해결했잖아."

"난리가 났었지."

중국에서 들어오던 성 노예들을 구출한 사건.

그 사건으로 정부가 난리가 났었다.

다만 워낙 높은 분들이 많이 엮여 있어서 흐지부지 묻혀 버렸지만.

"그런데 왜?"

"진문식이 그런 행동을 하지 말라는 법은 없잖아. 업소에서도 받아 주지 않을 정도로 소문이 파다하게 났다면, 진문식 입장에서는 다른 방법이 없으니까."

"이해가 안 가는데. 그거랑 하렘이랑 무슨 관계가 있어?"

"간단하게 생각해 봐. 한 명과 하루에 다섯 번에서 아홉 번씩 한다고 하면 상대방이 쓰러져. 하지만 상대방이 여러 명이라면?"

손채림은 눈을 확 찡그렸다.

확실히 여자도 충분히 참을 수 있는 수준이다.

"거기에다, 그게 어떤 면에서는 돈이 덜 들거든."

한 달에 3천만 원.

하지만 여자를 외국에서 데리고 들어온다는 진문식의 생각을 감안한다면…….

"상황에 따라서 다르겠지만, 많아 봐야 한 1,500만 원 들겠구나. 결혼 목적이 아니라 그냥 데리고 온다는 가정하에 한 명당 한 300만 원 준다고 하면 다섯 명이니까. 더 떨어질 수도 있고."

"그래. 거기에다 필요하면 여자도 바꿀 수 있고."

"설마."

"설마가 아니야. 그런 남자들 한두 명이야? 너도 중국에서 봤잖아."

"아, 맞다."

중국의 얼나이, 즉 첩을 두는 문화.

그들과 선을 만들고 정보를 캐낼 수 있는 시스템을 만든 것이 노형진이다.

그걸 실행했던 것이 바로 손채림이었고.

기억을 더듬어 보니, 정부 관료 중에는 열 명도 넘는 얼나이를 동시에 데리고 있는 자들도 있었다.

"달라진 건 장소뿐이야."

같은 집에 둔 것이냐, 아니면 개별적으로 따로 둔 것이냐.

"현실이 참…… 더럽다, 진짜."

사실상 돈으로 성 노예를 사 오는 셈이 아닌가?

반대로 돈이 목적인 사람이라면 단시간 내에 돈을 벌고 나갈 수 있으니, 올 사람도 분명히 존재할 것이다.

"그러면 그의 행동도 이해가 가."

여자가 집에 있으니 멀리 갈 생각이 없어질 것이다.

"문제는 그 안에서 벌어지는 일이야."

"벌어지는 일?"

"그 녀석이 사람을 어떻게 대하는지 봤잖아?"

"아……."

아니스를 그런 식으로 대하던 진문식이, 갑자기 바른 인간이 되어서 그들에게 잘해 줄까?

"생각해 봐. 우리가 진문식에게 사람을 붙여서 감시하게 했어. 그런데 그 집에서 여자가 나오는 거 봤어?"

"아니."

그러면 상황은 뻔하다.

아마도 아니스와 같은 상황일 것이다.

꼼짝없이 갇혀서, 인간 이하의 대접을 받고 있을 것이다.

"여자가 살찔까 봐 냉장고에 자물쇠를 다는 인간이야."

물론 계약 기간을 지키지 않고 계속 감금하지는 않을 것이다.

"하지만 여전히 문제가 있어. 그런 여자를 어디서 구한다고?"

"글쎄, 그건 알아봐야지."

노형진은 턱을 쓰다듬으면서 고민에 잠겼다.

"그런 사람을 구하는 건 어렵지 않습니다."

고문학은 손채림의 말에 눈을 살짝 찡그렸다.

"동남아 같은 경우에는 그런 여성을 알선하는 데이팅 업체들도 있고요."

"데이팅?"

"좋게 말해서 데이팅이지, 그냥 국제적인 성매매 기업이라고 보면 됩니다."

보통은 나가서 여자를 끼고 여행하는 것이다.

하지만 상황에 따라서는 그중 일부를 한국으로 보내 주는 것도 가능하다.

"필요하면 남자도 보내 주고요."

"네? 남자라니요?"

"데이팅 관광 하러 오는 여자가 얼마나 많은지 알면 놀라실걸요."

고문학은 피식 웃으면서 말했다.

남자든 여자든 진짜 발정 나면 답이 없다는 게 그의 생각이었다.

"그래서 의심스러운 곳을 찾았습니까?"

고문학은 한국에서 적지 않은 정보 라인을 가진 사람이다.

그러니 진문식과 거래한 업소를 찾는 것이 힘든 일은 아니었을 것이다.

"네, 찾기는 했습니다만…… 일이 재미있게 되어 가더군요."

"네?"

"레드라인이라는 곳인데, 공식적으로 알려진 사장은 바지 사장입니다."

"바지 사장이라니요?"

"진짜 사장이 최인순입니다."

노형진은 뒤통수를 두들겨 맞은 기분이었다.

"얼씨구, 일이 이런 식으로 엮여 들어가나?"

사실 진문식과 의뢰인인 종찬수는 인터넷 카페에서 만난 사이다.

거래했던 업체도 달랐다.

"하지만 종찬수는 진짜 결혼이 목적이었고. 진문식은 성 노예가 목적이었지."

노형진은 머리를 긁으며 말했다.

사건이 꼬이다 못해 이런 식으로 꼬일 줄은 진짜 생각도 못 했다.

사실 생각해 보면 최인순과 진문식의 만남은 찰떡궁합이다.

한쪽은 돈을 터는 게 목적이고, 한쪽은 성 노예를 구하는 게 목적이니까.

"종찬수 같은 사람이야 뭐 최인순한테는 호구였겠는데? 그에 반해 진문식은 아주 찰떡궁합이네, 그냥."

손채림은 빈정거리듯 말했다.

노형진은 고개를 끄덕거릴 수밖에 없었다.

"뭐, 부정은 못 하겠네."

노형진은 인정할 수밖에 없었다, 종찬수가 호구였다는 사실을.

"불법적인 일을 하는 최인순이니까, 그런 식으로 성 노예를 하고자 하는 사람들을 구하는 건 어렵지 않았겠지."

"아마도 지속적으로 거래하면서 여자를 공급할 수 있다고 하지 않았을까?"

"그건 그런데······."

노형진은 왠지 꺼림칙한 게 있었다.

진문식이 가진 하렘.

그리고 비슷한 시기에 사라진 사람들.

"왜 그래?"

"우리가 그 여자 못 찾았지?"

"그 여자?"

"종찬수 같은 피해자들의 돈을 가지고 도망친 사람들."

"응? 그렇기는 하지. 다른 여권으로 출국한 거 아닐까?"

고문학과 정보 팀이 의심스러운 곳을 대부분 뒤졌지만 그들은 보이지 않았다.

그래서 최종 결론은, 이미 출국했거나 최인순이 그들을 단체로 어딘가에 감춰 두고 있다는 것이었다.

"그런데 제삼의 선택지가 생겼네."

"어? 그러고 보니 그러네."

진문식 입장에서는 여자들이 나다니는 게 좋지 않다.

어차피 결혼할 것도 아니니까 드러낼 만한 것도 아니고.

그에 반해 여자들은 안전하게 은신하고 있을 곳이 필요하다.

그리고 진문식은 어떤 면에서도 수사 대상에서 벗어난다.

그는 경찰의 입장에서 보자면 피해자이니까.

"뭐야? 그러면 그 새끼, 종찬수 마누라가 어디에 있는지 알고 있었다는 거잖아?"

"그런 거지."

하지만 알려 주지 않았다.

아니, 못 했다.

자기 성 노예니까.

"와, 미친……. 이거…… 어떻게 이해해야 해?"

"이해를 왜 해? 잡아야지."

그들을 놔줄 생각은 없다.

잡을 생각만 있을 뿐.

"문제는 어떻게 잡을 것인지야."

그와 동시에, 아니스를 위해 최대한의 피해 보상을 해야 한다.

"경찰에 알려?"

"경찰은 관할이 없어."

일단 개인적인 주택이다.

그 안에서 뭘 하든 자기들 마음이다.

물론 성매매는 불법이지만, 그렇다고 지금 같은 상황에서 수색영장이 나올 가능성은 제로라고 봐도 무방하다.

'거기만 털면 해결되는데.'

성 노예가 사실이라는 것이 증명되면 법원도 이혼소송에서 아니스의 편을 들어 주지 않을 수가 없다.

결혼 기간이 짧아서 재산 분할은 제대로 못 하겠지만, 학대에 대한 배상은 해 줘야 하니까.

"아, 진짜 그놈들이 구해 달라고 연락 안 하려나?"

"아닐걸."

자신들이 숨기 위해 거기에 알아서 기어들어 간 상황인데 도와 달라고 할 리가…….

"좋은 생각인데?"

"뭐?"

"좋은 생각이라고."

"아니, 뭐가?"

"그 여자들이 말이야, 구해 달라고 하는 건 어떨까?"

"그럴 리가 없다며?"

노형진은 씩 웃었다.

"그들이 구해 달라고 하지 않는 거지, 내가 하지 말라는 법은 없잖아?"

노형진은 몸을 바짝 당겼다.

좋은 생각이라는 것을 확신한 것이다.

"어쩌려고?"

"거기에 있는 사람들은 여러 개의 신분을 가지고 있잖아."

대부분 남의 신분이기는 하지만 말이다.

가짜 신분을 가지고 결혼을 한 것은 사실이다.

"그들이 구해 달라고 담 너머로 편지를 던지거나 하는 거야."

"아. 그런 사건 몇 번 있었지."

그리고 그걸 보고 경찰에 신고해서, 경찰이 출동해 구출한 적이 몇 번 있다.

"우리는 그들이 누군지 알아."

물론 가짜라고 하지만 그들의 나이와 이름, 국가뿐만 아니라 고향과 가족도 안다.

그러니 그걸 소상하게 적어서 자신들이 그걸 길바닥에 버리는 것이다.

그러면 누군가는 그걸 주워 든다.

"대사관과 경찰서로 그게 흘러들어 가겠지."

대사관과 경찰서는 당장 해당 사실을 확인하게 될 것이다.

그리고 공식적인 서류에 따르면 그 여자들이 결혼한 기록이 나온다.

"결혼했는데 납치당해서 성 노예가 되었다. 완전 끝내주는 거 아냐?"

아마 대사관은 난리가 날 테고, 경찰은 볼 것도 없이 문을 부수고 들어갈 것이다.

"물론 끌려 나오는 건 다른 사람이겠지만."

그렇다고 해도 그들의 신병은 구속하는 셈이 된다.

"오! 완전 잔머리 짱!"

복잡한 것도 아니다.

그냥 종이가 그 담 너머에서 날아온 것처럼 꾸미기만 하면 되는 거다.

"거기에다 우리에게는 강력한 증인이 있지."

다름 아닌 아니스.

그녀가 그 집에서 성 노예 취급받다가 탈출한 사실을 알린다면, 강제 돌입은 확정이다.

"이거 우리 사기꾼들이 잡기 좋게 모여 주셨네, 흐흐흐."

⚖️

노형진은 일단 베트남 사람 중에서 한국어를 어설프게 하는 사람을 고용했다.

그리고 관련 내용을 종이에 써서 구겨 뭉친 후, 돌과 함께만 원짜리로 묶었다.

그걸 본 손채림이 의아한 표정을 지었다.

"돈은 왜?"

"바닥에 나뒹구는 종이에 관심을 가지는 사람은 많지 않거든."

하지만 돈이라면 이야기가 달라진다.

돈을 보고 그걸 열면, 종이가 보인다.

"우리는 그걸 두고 기다리면 되는 거지."

진문식의 집 바깥, 적당한 위치에 그걸 놓고 온 노형진은 느긋하게 커피를 마시면서 그곳을 살펴보았다.

잠시 후 한 무리의 여고생들이 신나게 떠들면서 뛰어오다가 바닥에 떨어진 만 원짜리를 보고 환호성을 내지르면서 주워 들었다.

'빙고.'

돈을 보고 신나서 뭉치를 펼친 여고생들은 깜짝 놀라서 이리저리 돌려 보다가, 주변을 둘러보더니 잽싸게 달려 나가기 시작했다.

그들이 달려간 방향은 다름 아닌 경찰서.

"자, 우리는 기다리고 있자고."

남은 일은 정부에서 알아서 해 줄 것이다.

베트남 정부는 발칵 뒤집어졌다.

한국으로 결혼하러 간 여자들이 납치되어서 성 노예가 되었다는 신고.

당연히 그들은 한국 정부에 엄중히 항의했고, 한국 정부도 당장 경찰을 족쳤다.

"이런 일이 벌어지고 있는 걸 왜 모른 거야!"

서장은 길길이 날뛰었다.

신원 확인을 한 결과 진짜 남편들이 있었고, 그들이 지금 경찰서 바깥에서 기다리고 있었다.

그리고 그들과 함께 몰려온 기자들까지.

"아니…… 저희가 개개인의 집을 다 들이닥칠 수 있는 것도 아니고……."

"아니고? 아니고? 이 새끼들아, 지금 그걸 변명이라고……!"

하지만 서장도, 화가 나기는 하지만 안다, 이런 건 인지하기 전에는 해결할 방법이 없다는 것을.

"서장님! 영장 나왔습니다!"

그 순간 한 명이 헐레벌떡 뛰어들어 왔다.

그의 손에는 찬란하게 빛나는 한 장의 종이가 들려 있었다.

"바로 가지!"

서장은 다급하게 자리에서 일어났다.

안 그래도 기자들의 기다림이 길어질수록 늦장 대응이라는 소리가 나올까 봐 잔뜩 걱정하고 있었다.

"어떻게 하죠? 바로 들이닥칠까요?"

"일단은 그래야지. 일단 사람들의 안전을 확보하는 것이 최우선이야."

서장은 우르르 몰려가면서 침음성을 삼켰다.

사실 진문식과는 아는 사이다.

그리고 그가 여자라면 환장한다는 것도 안다.

'하지만 이건 아니지, 이 씨팔 새끼야.'

납치라니, 성 노예라니.

혹시라도 그가 자신과 술자리를 가진 것을 나불거릴까 봐 서장은 입술이 바짝바짝 말랐다.

그들이 도착했을 때, 마침 진문식은 집에서 나오는 중이었다.

"어, 뭐야?"

집 앞으로 몰려든 사람들.

그리고 그들을 보고 당황한 진문식.

"체포해."

"뭐야! 뭐 하는 짓거리야!"

진문식은 경찰들이 자신을 체포하자 당황했다.

하지만 사방에 몰려든 사람들이 그를 놔주지 않았다.

"진문식, 당신을 납치 및 감금 그리고 강간 혐의로 체포합니다."

"아니, 무슨 소리야!"

"당신은 묵비권을 행사할 수 있으며……."

"묵비권이고 나발이고, 이거 뭐야! 어? 뭐 하는 거야!"

진문식은 몸부림쳤지만 이미 상황을 벗어날 수가 없었다.

"서장? 서장? 서장! 이거 뭐 하는……!"

그 와중에 나타난 서장.

그를 보고 진문식은 도움을 청하려고 했지만, 서장의 차가운 눈빛에 침을 꿀꺽 삼켰다.

"닥쳐, 이 새끼야."

그는 얼어붙은 진문식의 주머니를 뒤져서 열쇠를 꺼냈다.

"서장! 야! 야!"

"이 새끼 끌고 가!"

진문식은 끌려가면서도 몸부림쳤지만, 서장은 뒤도 돌아보지 않고 열쇠로 문을 열고 들어갔다.

그가 안으로 들어섰을 때 집 안에 있던 여자는 무려 열 명이나 되었다.

"여보!"

"여보!"

그들을 알아본 남편들, 아니 피해자들은 각자 자기 아내였던 사람들에게 달려가서 매달렸다.

누가 본다면 감동스러운 재회였을 테지만, 현실은 다른 곳으로 도망가지 못하게 하기 위한 것이었다.

이것이 법이다

"여기 봐. 진짜다."

혹시라도 도망갈까 봐 바깥에서만 잠기게 만들어 놓은 문.

그리고 사람들의 눈앞에 모습을 드러낸 자물쇠가 달려 있는 냉장고와, 온갖 변태적인 도구들, 사진들.

"특종이다, 특종."

기자들은 신이 나서 사진을 찍어 댔고, 여자들의 얼굴은 당혹감에 하얗게 질려 갔다.

⚖

"빨리 치워!"

최인순의 사무실은 난리가 났다.

진문식이 잡혀가는 모습이 방송에 나왔다.

혹시라도 그가 입을 열까 봐서였다.

아니, 진문식이 문제가 아니었다.

TV에서 여자들이 전 남편들과 만나는 장면이 나오고 있었는데, 그 여자들이 도망갈 방법이 없어 보였다.

그 말인즉슨, 자신들에게도 수사가 들어올 거라는 소리였다.

"사장님, 서류가 너무 많습니다."

"모조리 분쇄해! 아니, 안 될 것 같으면 모아서 태워 버려!"

최인순은 갑자기 벌어진 상황이 이해가 가지 않았다.

어떤 식으로 자신을 추적했는지 모르지만, 남편에게서 전화가 왔다.

경찰에서 수사를 시작했다고 말이다.

그리고 그와 동시에 속보가 터져 나왔다.

"컴퓨터는 어떻게 하죠?"

"다 지워! 안 될 것 같으면 모조리 부숴 버려!"

난리 법석인 사무실.

하지만 그들의 행동은 이미 예측된 것이었다.

그들이 누군지 몰랐으면 모르되 노형진은 그들이 누군지 알고 있었고, 그들이 도망가려고 할 것도 알고 있었다.

"꼼짝 마! 경찰이다!"

소리를 지르며 들어오는 경찰.

최인순은 그걸 보고 눈이 뒤집어졌다.

경찰이 이렇게 빨리 움직일 줄은 몰랐기 때문이다.

"너 뭐야! 너희 누구야!"

"경찰입니다. 여기 압수수색영장입니다."

"뭐? 너 지금 무슨 헛소리야! 내 남편이 누군지 알아!"

"알지요."

노형진은 경찰들 사이를 헤치고 나오면서 미소 지었다.

"아마 지금쯤 체포당하고 있지 않을까 싶습니다만."

"뭐?"

"수사 중인 사항을 흘렸으니 당연히 체포당해야지요."

최인순은 얼굴이 사색이 되었다.

"어디 보자, 돈을 얼마나 벌어 두셨는지 궁금하네요, 후후후."

노형진은 서류 중 하나를 꺼내 보면서 말했다.

"그 많은 돈을 갚아 주려면 좀 많이 필요하실 겁니다, 후후후."

⚖

결국 소송은 예상대로 진행되었다.

가해자도, 증인도, 증거도 다 확보된 상황이었으니 그다지 어려운 일도 아니었다.

"피해자들이 적지 않아."

자신들과 접촉하지 못한 피해자들도 상당해서, 그들에게 연락해서 돈을 찾아가라고 했다.

물론 일부는 그들이 써서 충분한 건 아니지만, 최인순과 그 남편의 재산과 자국으로 도망간 여자들의 집도 그곳의 법원과 변호사를 통해 압류할 생각이었다.

"전부 찾지는 못하겠지만 대부분은 회수할 수 있겠지."

"아니스는?"

"일단 이혼소송 중이니까. 아마 위자료가 적지 않게 나올 거야."

그녀는 더 이상 한국에 있고 싶지 않다며, 돈이 나오는 대로 러시아로 돌아가겠다고 했다.

"국제결혼이라……. 참, 좋게 봐야 하나?"

"글쎄. 국제결혼을 했다고 해서 다 나쁘게 사는 건 아니야. 서로 맞춰 가면서 살아가는 사람들도 많아. 사랑해서 하는 사람들도 많고."

"그런데 왜 우리 눈에 들어오는 건 다 이따위야?"

"변호사한테 좋은 일 들고 오겠냐?"

노형진은 피식 웃으며 말했다.

"변호사라는 직업은 결국 세상의 모든 더러운 면을 봐야 하는 직업이잖아. 우리가 해 줄 수 있는 건, 새로 시작하는 사람들이 좀 더 좋은 사람들을 만나기를 기도해 주는 것뿐이야."

노형진은 두 개의 사건 서류철을 덮으면서 말했다.

"그게 우리가 할 수 있는 최선이지."

그리고 그 후에 닥쳐올 다른 많은 사건을 준비해야 하는 것이 그들이었다.

인성이 장애인

노형진의 선배 변호사가 한 말이 있다.

'세상은 미친놈들의 총집합이다.'라고.

그리고 이번만큼은 노형진도 그 말을 인정하지 않을 수가 없었다.

"그러니까 장애인이 배달했다고 기분 나쁘다?"

"그래서 업무 방해를 하고 있는데……."

"으음……."

노형진은 이해가 가지 않았다.

애초에 그런 생각을 한다는 것 자체가 말이 되지 않았다.

"아니, 무슨 인간이 그래요?"

손채림은 기가 막힌 표정이었다.

하긴, 일반적인 상식으로는 이해가 안 되는 사건이니까.

"네, 그래서 도움을 받을까 하고 왔습니다."

피곤한 얼굴의 의뢰인, 박정규는 마른세수를 하면서 한숨을 푹 쉬었다.

"이건 그 미친놈만 문제가 아닌 것 같은데."

"맞아."

노형진은 고개를 끄덕거렸다.

미친놈만의 문제가 아니다.

"그 지역 전체가 미쳤어."

노형진은 머리를 북북 긁으며 말했다.

"장애인을 쓰는 건 그렇다고 치고, 매출이 진짜로 줄어들어? 어이가 없다."

사건 자체는 간단했다.

의뢰인인 박정규는 치킨집을 운영한다.

당연히 배달부가 있다.

"저는 진짜 좋은 의미로 그런 겁니다. 사실 질 안 좋은 애들보다 훨씬 좋은 사람들이고요."

"압니다. 세상은 편견으로 가득하니까요."

그는 배달부로 장애인을 고용했다.

전에는 일반인을 고용했지만, 멀쩡한 사람도 있는 반면 오토바이를 훔쳐 가서 타는 생날라리들도 적지 않았기 때문이다.

"그 일이 있은 후 전 생각을 바꿨죠."

실력 있는 배달부는 비싸다.

대부분 가족을 두고 있는 사람들이니까.

싼 놈들은 질이 안 좋은, 소위 일진 출신의 퇴학생들이 많다.

그들은 배달 사고도 종종 일으키고, 심지어 배달해야 하는 음식을 자기들끼리 먹어 버리는 경우도 있었다.

영업시간이 끝난 후에 폭주족 흉내를 낸답시고 오토바이를 몰다가 가게로 딱지가 날아오게 한 적도 있고.

"하지만 장애인들은 그런 게 없죠. 성실해요. 성실할 수밖에 없죠."

그러던 중 아는 사람을 통해 장애인을 소개받았다.

장애인이라고 해도 지능에 문제가 있는 게 아니라 말을 어눌하게 하는 정도일 뿐이었다.

"그런데 거기서 이럴 줄은 몰랐습니다."

장애인이 배달한다고 해서 뭐가 나쁜 것도 아니다.

정신에 문제가 있는 것도 아니고, 그저 말이 어눌할 뿐이다.

그래서 장애 등급이 무척이나 낮다.

그거 말고는 사회생활 하는 데 지장이 없으니까.

"그런데 그걸 가지고 지랄한다는 게 이해가 안 갑니다."

사달은 그가 배달을 하고 나서 생겼다.

보통 대화를 주고받을 일이 없는데 손님 측이 갑자기 다짜고짜 치킨값을 외상으로 한다면서 실랑이가 벌어졌던 것.

"치킨값에 외상이 어디 있어?"

"그거야 뭐 있을 수 있죠."

동네 장사니까 이해는 한다.

그런데 그가 따지는 이유가 어이가 없다.

"장애인에게 배달시킨다고 욕을 바가지로 하더군요."

정확히는 '병신 새끼'를 보낸 것에 대해 직접 찾아와서 사과하지 않으면 고소하겠다고 지랄했다는 것.

"그게 고소거리가 안 될 텐데요?"

"네, 그게 될 리 없죠."

제정신이 아니기에 가뿐하게 씹고 치킨값을 내놓지 않으면 경찰을 부른다고 하자, 그는 길길이 날뛰었다고 한다.

결국에는 경찰이 출동하고 나서야 치킨값을 줬는데…….

"현금이라…….."

즉, 돈이 없었던 것이 아니다.

돈이 있지만, 외상 달았다가 상황을 봐서 떼먹으려고 한 것으로 봐야 한다.

"그런데 그 새끼가 글쎄…… 후우……."

그 인간이 주변에 헛소문을 퍼트리기 시작했다.

병신이 배달하는 치킨집이다.

병신 새끼가 배달하다가 음식에 무슨 짓을 할지 모른다.

절대 시켜 먹으면 안 된다.

"그건 말도 안 되는 개소리인데."

장애인이 그걸 조리하는 것도 아니다.

그가 하는 거라고는 그 음식을 나르는 것뿐이다.

"음식에 무슨 짓을 한다고요? 그럴 수는 없습니다."

장애인들은 직장을 구하는 게 쉽지 않다.

그래서 일단 직장을 잡으면 열심히 일하려고 하는 편이다.

도리어 음식에 침을 뱉고 그랬던 놈들은 소위 일진 출신의 배달부였다.

"그런데 그런 소문을 내고 그러더라고요. 전 코웃음을 쳤죠."

그 말을 듣고 사람들이 그를 더 비웃을 거라 생각했다.

"그런데 매출이 20%가 줄었다라……. 허, 기가 막히네요."

매출이 줄었다.

그 말은, 장애인이 배달하는 것을 좋지 않게 생각하는 사람들이 20%에 달한다는 소리다.

"이 애들은 정신이 장애인인데?"

손채림이 심각한 얼굴로 말했다.

노형진은 동의했다.

"정신도 장애 등급을 따져야 한다니까, 진짜."

상식적으로 전혀 문제가 될 것이 없는 일이다.

문제는커녕, 도리어 장애인에게 일자리를 준다고 칭찬받아야 마땅한 일이다.

그런데 장애인이 배달한다고 해서 그곳에 대해 불매운동을 한다?

"이제는 아파트 단지에서 항의 전화가 오더군요. 진짜로 병…… 아니 아니, 장애인을 쓰냐고 말입니다."

"으음."

말도 안 되는 개소리다.

물론 치킨집에서 법에서 정한 장애인 고용 규정을 지킬 이유는 없다지만, 그런다고 해도 상대적으로 상황이 안 좋은 사람을 고용한 것은 도리어 칭찬받아야 마땅한 일이다.

"참 웃긴 일이군요."

"네. 그래서 고소를 할까 하고 온 겁니다."

노형진은 머리를 북북 긁었다.

"일단 고소 자체는 가능합니다. 하지만 그 처벌 수위 자체는 무척이나 낮을 겁니다."

"처벌 수위가 낮다고요?"

"네."

이런 경우 아무리 잘해도 업무 방해 아니면 명예훼손 정도의 수준밖에 되지 않는다.

치킨집은 그 인간을 업무 방해로 고발할 수 있고, 장애인은 명예훼손으로 고발할 수 있다.

즉, 전과 2범이라는 건데.

"문제는 둘 다 처벌이 그다지 강력할 게 없다는 거죠."

업무 방해라고 해도 없는 소리를 한 것이 아닌 데다가, 현장에 와서 집기를 패대기치거나 한 것도 아니니 처벌이 거의 나오지 않을 것이다.

명예훼손이 업무방해보다 좀 더 처벌이 강하기는 하겠지만, 피해자인 장애인이 그들을 명예훼손으로 고발한다는 것은 그들과 장애인이 전면전을 한다는 뜻이다.

"그 직원분이 미안하다고, 그만둔다고 했다고요?"

"네."

"그런 분이면 전면전을 해 봐야 이기기 힘들 겁니다."

저쪽은 파렴치한이다.

그런데 이쪽은 지극히 정상이다.

그러면 누가 이기겠는가?

"설사 건다고 해도, 벌금 100만 원 정도밖에 안 나올 겁니다."

100만 원.

아주 큰 금액은 아니다.

내고 나면 속은 좀 쓰릴 테지만, 타격이 큰 것은 아니다.

"아니, 다른 사람들은 보면 벌금도 수백만 원씩 나오고 구속도 되고 그러던데요?"

"그건 어디까지나 정치인 같은 공인에게 해당됩니다."

그들은 힘이 있다.

그러니 법이 알아서 기어 준다.

거기에다 그들을 모르는 사람은 없다.

즉, 명예훼손으로 인해 입는 타격이 크다.

"하지만 직원분이나 박정규 씨 같은 경우는 그 타격이 크지 않지요."

더군다나 그 20%의 매출 저하가 순수하게 그의 진상 짓으로 인해 벌어졌음을 증명하는 건 절대 쉬운 게 아니다.

"하지만 애초에 그게 끝이 아니라는 것, 아시죠?"

"끄응……."

"고소하면 타격이 클 겁니다."

법을 잘 모르는 사람은 고소하라고, 신고하라고 쉽게 말한다.

하지만 도리어 법을 잘 아는 사람들은 참으라고 하는 경우가 많다.

"그게…… 걱정이기는 한데."

사실 간단한 사건임에도 불구하고 노형진에게 넘겨진 이유는 명백하다.

소송 자체는 어렵지 않지만, 그 뒷수습이 어렵다는 것.

"그런 자들에게 벌금 얼마는 아무런 효과도 없을 테니까요."

연봉 1억이 넘는 사람에게 벌금 100만 원이 얼마나 타격이 될까?

지금이 딱 그 짝이다.

"만일 고소하면 그는 그걸 가지고 소문을 다시 낼 겁니다. 그때는 진짜 문제가 커집니다."

지금이야 일부 미친놈이 지랄하는 거지만, 그때는 소비자 대 판매자가 된다.

그리고 소비자인 아파트의 주민들은 심적으로, 판매자의 말보다는 같은 소비자인 그 미친놈의 말을 들어 줄 것이다.

"우리가 억울함을 주장하면요?"

"심적 동조란 그렇게 단순한 게 아닙니다. 비슷한 사람들의 말을 더욱 들어 주는 편이지요. 만일 똑같이 말을 한다면, 그들은 자신들의 처지와 가까운 그 인간을 편들어 줄 겁니다."

"후우……."

박정규는 한숨을 푸욱 쉬었다.

"젠장. 엿 같네요, 진짜."

"사회라는 게 그렇지 않습니까?"

미친놈은 지랄하면서 전면에 나서지만, 선한 사람은 침묵한다.

"악이 승리하는 가장 큰 조건은 선의 침묵이라고들 하지요."

선한 자들이 침묵하면 악이 권력을 잡는다.

지금도 마찬가지.

상식적으로 선은 박정규이지만 주민들은 관심도 없다.

그들이 보기에는 자신들과 관련이 없는 일이니까.

"치킨집이 박정규 씨의 가게만 있는 게 아니니까요."

그러니 그냥 구설수가 없는 치킨집에 시켜 먹으면 된다 하는 마음도 있을 것이다.

장애인이 음식에 뭔 짓을 하는 건 아니지만 찝찝하다고 생각해서 말이다.

"뭐야? 그러면 방법이 없는 거야?"

손채림은 깜짝 놀랐다.

사건 자체는 어렵지 않다고 생각했다.

그런데 노형진의 말대로라면, 저항은 할 수 있지만 그 반동은 이쪽이 다 뒤집어쓰게 된다는 거다.

"일단은 그쪽이랑 이야기를 좀 해 보도록 하지요."

"이야기요?"

"네. 이런 일을 무조건 소송부터 갈 수는 없으니까요. 거기에다 아까도 말씀드렸다시피, 이런 경우에는 피해가 두 분에게 갑니다."

"하지만……."

이미 박정규가 이야기해 보려고 했다.

하지만 그가 들은 것은, 병신을 보내서 배달을 시켰다면서 지금 자기를 무시하는 거냐고 하는 것이 다였다.

그런데 노형진이 이야기해 본들, 무슨 소용이 있단 말인가?

하지만 노형진의 생각은 달랐다.

"변호사가 끼면 좀 달라질 수도 있지요."

상대방이 무시하는 사람이라고 할지라도, 이쪽에서 변호사를 선임하면 마음을 바꾸는 경우도 많다.

물론 터무니없는 사건이기는 하다.

하지만 그렇다고 해서 의뢰인의 피해를 무시하고 소송으로 갈 수는 없다.

"변호사의 최대 목적은 의뢰인의 이득입니다."

승리가 아닌, 이득.

그걸 위해서는 잠깐은 자존심을 내려놓을 수 있다.

"제가 한번 만나 보도록 하지요."

⚖️

"사과?"

"네, 이번 일은 사건이라고도 부르기 애매한 일입니다. 다만 서로 간의 오해가 있었던 만큼, 그 부분에 대해 사과하고 양보하는 것이 최선이라 생각합니다."

노형진은 구섬수를 보면서 차분하게 말했다.

하지만 노형진의 말에 구섬수의 얼굴에는 비웃음이 떠올랐다.

"그래. 병신을 보내서 내 기분을 나쁘게 했으니 사과를 해야지."

"잘못 아신 것 같은데, 사과를 해야 하는 쪽은 우리가 아니라 구섬수 씨입니다. 명백히 현행법을 위반하지 않으셨습니까?"

장애인을 법적으로 배달에 쓰지 못하도록 되어 있지 않은 이상, 잘못한 것은 구섬수다.

"그러니까 나보고 사과해라?"

"일단 허위 사실을 유포한 것은 사실이니까요."

"무슨 허위?"

"장애인이 음식에 무슨 짓을 한다고 말하고 다니셨다면서요?"

"병신이 음식에 뭔 짓을 할지 어찌 알아? 침이라도 뱉으면 어쩌려고?"

"그런 걸 허위라고 하는 겁니다."

노형진은 최대한 좋게 해결하려고 했다.

사실 사소한 걸로 싸우면 자신들이야 돈을 벌겠지만, 당사자들은 서로가 피곤하니까.

하지만 애석하게도 구섬수는 합의할 생각이 없어 보였다.

"별 거지 같은 게 와서 병신 짓이네."

"거지?"

"기분 나쁘게 나한테 병신을 보내고, 뭐? 사과를 요구해? 이거 완전 적반하장이네."

"그건 저희가 드릴 말씀입니다만."

노형진은 끝까지 차분하게 말하고자 노력했다.

하지만 그런 그에게 날아온 것은 차가운 물이었다.

구섬수가 자신의 앞에 있던 물을 노형진에게 냅다 뿌린 것.

"꺼져. 병신을 보낸 것에 대해 사과하려면 그때 기어들어 오든가."

"허억! 형진아!"

옆에서 조용히 듣고 있던 손채림이 깜짝 놀라서 냅킨으로 노형진의 얼굴을 닦았다.

노형진은 그 상황에서 깊은 한숨을 내쉬었다.

"후우······."

"뭐 어쩔 건데?"

"물을 이런 식으로 뿌리는 것도 폭행인 거 아시죠?"

"알지. 그래 봤자 벌금 몇십만 원 나오겠지. 더러우면 고
소하든가."

노형진을 비웃으면서 나가는 구섭수.

"저 새끼 왜 저래?"

손채림은 어이가 없어서 나가는 그를 노려보았고, 커피숍
주변의 사람들도 그런 두 사람을 보면서 수군덕거렸다.

"돈 좀 버나 보지."

"그런다고 저래도 되는 거야?"

"상식으로는 안 되지. 하지만 애초에 상식을 가진 인간이
아니었잖아."

마지막 남은 물기를 닦아 낸 노형진의 입에서 나온 목소리
는 차갑기 그지없었다.

"저런 인간들은 대충 알지. 돈이 있고, 지식도 있는 인간들."

대충 어느 정도면 벌금이 얼마만큼 나온다는 것까지 안다.

그리고 그걸 낼 만한 돈이 있으니까, 그 선 안쪽에서 아슬
아슬하게 사람을 무시하고 괴롭히는 인간들이 있다.

그들은 돈 몇 푼보다 자신의 스트레스를 푸는 게 더 중요
하다.

물론 그 과정에서 남들이 상처받는 거야 자기가 신경 쓸

바가 아니고 말이다.

"어쩔 거야? 더 이야기해 볼 거야?"

"의미는 없을 것 같네."

노형진은 자리에서 일어나며 말했다.

"그쪽에서 돈이 그렇게 많다면……."

노형진은 고개를 돌렸다.

창밖, 고급 외제 차를 끌고 나가는 구섬수가 보였다.

"어디 한번 돈 가지고 싸워 보자고."

노형진은 주먹을 꽉 쥐면서 이를 악물었다.

⚖️

"구섬수. 나이는 47세. 증권가 애널리스트야. 네가 말한 대로 상당한 돈을 받고 있어. 연봉이 3억이나 되네. 도대체 그만큼 버는 인간이 왜 그 모양이지?"

손채림은 가해자의 정보를 말하면서도 이해가 안 간다는 듯 고개를 흔들었다.

노형진은 그걸 보면서 피식하고 웃었다.

"그런 인간들은 자기가 고귀하다고 생각하거든."

"고귀?"

"생각해 봐. 인간은 돌을 부수어 가면서 발전했어. 뗀석기부터 시작된 문명이지. 그런데 그때 귀족이라는 게 있었을까?"

어느 순간 다른 사람보다 좀 더 성공하고 힘을 가진 사람이 등장했을 테고, 그들은 다른 사람들을 힘으로 억압했을 터이며, 이후 귀족이라는 이름으로 재탄생되었을 것이다.

"즉, 귀족이란 남들보다 조금 더 앞으로 나아갔던 자들을 가리키는 과거형일 뿐이야. 하물며 인간의 문명이 제대로 발전하기 전에도 그런 유전자가 있었는데, 지금은 그런 생각 안 할까?"

'나는 좀 더 성공했다. 그러니까 남들보다 고귀하다.'라는 생각.

그걸 하기 시작하면 인간은 급속도로 인간성이 사라진다.

"그런 자들에게 있어서 장애인이란 부정한 존재지."

부정한 존재가 자신이 먹을 음식을 가지고 왔다는 것.

그건 그런 자들에게는 절대 용납할 수 없는 문제였다.

"완전 개소리네."

"개소리야. 하지만 힘이, 아니 돈이 있으면 먹히는 소리지. 인간이라는 존재에게 고정관념이 없을 수는 없으니까."

그런 인간 자체가 존재한다는 것 자체가 불가능하다.

심지어 노형진조차도 고정관념을 가지고 있다.

다만 다른 것은, 그 고정관념을 이성으로 억누르느냐 아니면 자기 마음대로 표출하느냐의 차이일 뿐.

"하아, 하여간 일단 성공한 것은 맞아. 연봉이 3억이 넘어가니까 상위 1%에 해당하는 인간이야. 그리고 아들이 둘 있고, 아내도 지방대 교수야."

"확실히 그런 생각을 할 만하네."

지방대라고 하지만 교수라는 것 자체가 상위 1%에 들어가는 직업이다.

그런 와이프를 얻었으니 자신이 성공했다고 생각할 수밖에 없을 테고.

"그거 말고는 딱히 별거 없어. 주변에서 흔하게 볼 수 있는 성공한 사람들이야."

주변에서 흔하게 볼 수 있는, 이라는 말에 노형진은 씁쓸하게 미소 지었다.

진짜 흔하게 볼 수 있는 타입이었으니까.

"일단 이 정도인데. 어쩔 거야, 그 사람은?"

"누구? 아, 준효 씨?"

서준효. 장애를 가진 장애인.

하지만 말이 좀 어눌할 뿐 일상생활을 하는 데 하등 지장이 없는 사람이다.

다만 그 말투 때문에 직장을 구하지 못하고 있었을 뿐.

"그래. 꼭 잘라야 했어?"

손채림이 걱정하는 것은 다 이유가 있었다.

그가 사과를 하지 않자 노형진은 최후의 수단으로 서준효를 자르라고 했기 때문이다.

물론 박정규는 영 마음에 안 든다는 표정이었지만, 나중에

복직시킨다는 조건으로 일단 자를 수밖에 없었다.

싸움이 시작되면 자신에게 피해가 올 수밖에 없으니 말이다.

"잘라야 했어. 다른 방법도 있는데 그냥 싸우다가는 그 치킨집 망할걸. 안 그래?"

"끄응…… 그건 그렇지."

손채림도 인정할 수밖에 없었다.

만일 고객과 소송 중인 치킨집이라고 한다면, 자신 같아도 찝찝해서 배달을 시켜 먹지는 않을 테니까.

설사 그게 고객 측의 잘못이라고 할지라도, 그게 세상에 알려지지 않을 테니까.

"나중에 다시 일하게 되더라도, 지금은 공식적으로는 그만두고 개개인이 소송을 하는 형태도 보이도록 해야 해."

"이해했어."

손채림은 고개를 끄덕거렸다.

"하지만 네가 그랬잖아, 법으로 고발해 봐야 그다지 의미가 없다고. 사실 연봉이 3억이나 되는 사람이 벌금 몇백 맞아 봐야 무슨 의미가 있겠어?"

노형진은 빙긋 웃었다.

"그래서 우리가 역지사지를 하려고 하는 거야."

"역지사지?"

"역시 지랄을 해 봐야 사람은 지 주제를 안다."

"어째 영 반대되는 말인 것 같은데."

"틀린 말은 아니잖아."

"쩝."

틀린 말은 아니다.

사회생활을 하다 보면, 이쪽에서 숙일수록 고개를 쳐들고 지랄을 하는 인간들이 많다.

그런 사람들은 이쪽에서 개지랄을 한번 하고 나면 대부분 터치하지 못한다.

"개똥은 더럽다고 피하는 게 아니야. 청소해야지. 그래야 피해자가 안 생기는 거야."

"그러면 어떻게 청소를 하려고?"

"간단해. 잃을 것이 없는 사람들을 이용하는 거지."

"잃을 것이 없는 사람들?"

"그래. 장애인들 말이야."

"꼭 그래야겠어?"

"왜?"

"아니, 장애인은 좀……."

장애인은 사회적으로 약자다.

그런 그들을 도구로 이용해서 일을 한다는 것은 영 마음에 켕기는 일이었다.

하지만 노형진은 다르게 생각했다.

"차라리 이게 더 맞는 거 아냐?"

"뭐?"

"어차피 다 서로 이용하고 이용해 먹는 세계야. 그런데 장애인을 약자라는 이유로 무조건 보호하고 성역으로 놔둬야 한다는 법 있어?"

"그건 아니지만……."

"사람을 차별하지 않는 가장 공평한 방식은, 남과 다른 대우를 하지 않는 거야."

장애인도 마찬가지다.

당장은 그들을 동원하면 왠지 기분이 좀 찝찝할지도 모른다.

하지만 그렇게라도 해서 장애인 인권에 대해 확실하게 못 박아 두면, 누구도 장애인들을 섣불리 욕하지 못한다.

"법 위에서 잠자는 자 보호받지 못한다."

법률계의 명언이다.

그리고 어떠한 변호사도 그 말을 부정하지는 않는다.

"결국 잠을 잘 것인지 아니면 법을 이용할 것인지는, 스스로 선택하는 거야."

자신이 할 수 있는 것은 기회를 주는 것뿐이었다.

⚖️

노형진은 서준효를 바로 취업시켜 줬다.

하지만 그 취업시켜 준 장소는 전혀 생각지도 못한 곳이었다.

"그런 일이 있었습니까?"

"네, 그래서 제대로 엿을 먹이려고 합니다. 도와주실 수 있나요?"

노형진의 말에 구섬수가 일하는 회사의 팀장은 머리를 북북 긁었다.

"안 도와드린다고 하면 아무래도 좋은 꼴 보기 힘들겠지요?"

은행가에서 노형진이 미다스의 대리인이라는 것을 모르는 사람은 없다.

그리고 미다스가 이런 문제에 대해 상당히 예민하다는 것 또한 잘 알고 있다.

"안 그래도 잘되었습니다. 그 인간 때문에 좀 말이 많거든요."

"말이 많다고요?"

"네."

증권가 애널리스트는 극단적으로 개인적인 직업이다.

남이 뭐라고 하든 개인의 능력으로 일어나야 하기 때문이다.

하지만 어느 직업이든 선이라는 것이 있다.

"사실 구섬수가 능력은 좀 있어요. 아니, 능력만 있다고 봐야겠네요."

너무 이기적인 성격 때문에 동료들 사이에서도 일종의 '따'를 당하는 처지라는 것이다.

실적 자체는 나쁘지 않아서 팀장인 그가 손댈 수 없지만, 자신의 이득을 위해 다른 애널리스트들이나 증권 전문가들을 속이는 행동도 서슴지 않는다고 했다.

"심지어 자기 고객에게도 거짓말을 하니까요."

"그걸 가만둡니까?"

"전 인간이지만, 회사는 인간이 아니니까요."

증권회사답게 회사에서 보는 건 숫자뿐이다.

그리고 구섬수는 그 숫자에 아주 뛰어난 인간이다.

'역시 예상대로야.'

기업에서 함께 일하는 사람들끼리라도 일종의 경쟁이 없을 수가 없다.

하물며 개개인이 경쟁 구도로 되어 있는 증권사라는 공간에서 그를 싫어하는 사람이 없을 리 없었다.

애초에 팀장도 그냥 만난 게 아니다.

조사를 통해 가장 사이가 안 좋은 사람과 만난 것이다.

'보통 팀장과는 사이가 좋을 수가 없지.'

구섬수는 그의 자리를 노리는 사람이다.

팀장 입장에서는, 자신의 자리를 노림과 동시에 사사건건 말썽을 일으키는 그를 좋아할 수가 없는 일이고.

"하지만……."

팀장은 말을 흐렸다.

사실 그렇다고 해서 자신이 그를 자를 수는 없다.

"아시겠지만 저희가 마음대로 구섬수를 자를 수는 없습니다. 품계를 올려 보기는 하겠지만 조직이라는 게……."

"압니다."

이득이 되면 악마도 받아 주지만, 손해가 발생하면 천사도 자르는 게 기업이다.

하물며 자본주의의 총아인 증권회사라면 더더욱 그럴 것이다.

"그래서 제가 팀장님을 만나 뵙자고 한 겁니다."

"네?"

"제가 팀장님을 통해 회사에 5천억을 집어넣겠습니다."

"허억!"

그 순간 팀장의 눈이 크게 뜨였다.

5천억.

어마어마한 돈이다.

지금까지 받은 어떤 돈보다 많다.

"그 돈이면 어마어마한 보상을 받으실 수 있지요?"

"그, 그건……."

증권회사의 구조는 간단하다.

회사의 직원이 투자금을 받아 오면, 그걸 가지고 대신 투자를 해서 수익을 내는 것이다.

당연히 5천억이라고 하면 자신에게 떨어지는 보상은 최소한 1억이다.

최소한 말이다.

"진짜로 투자를 하실 겁니까?"

"네. 하지만 금방 뺄 겁니다."

"네?"

"투자는 팀장님 덕분에 하겠지만, 빼는 건 팀장님 때문이 아니게 되는 거지요."

팀장은 눈을 데굴데굴 굴렸다.

노형진이 자신에게 말한 대상은 구섬수다.

그 말인즉슨, 구섬수를 핑계 삼아서 뺀다는 것인데…….

'그러면…….'

자신은 돈을 유치했으니 어마어마한 보상을 받겠지만, 그 돈이 나가는 것은 구섬수 때문이니 구섬수는 심각한 타격을 입게 될 것이다.

"하지만 그런다고 해도…… 제가 해 드릴 수 있는 게 없는데요."

아무리 구섬수가 밉다고 해도, 구섬수의 기밀을 흘려 줄 수는 없다. 구섬수의 기밀이라는 것 자체가 결국은 회사의 기밀이니까.

그건 아무리 노형진이 거액을 투자한다 해도 절대 있을 수 없는 일이다.

"압니다. 제가 요구하는 건 식당 메뉴를 선택해 달라는 것 뿐입니다."

"네?"

"팀장의 권한 아닙니까, 그건?"

"그거야……."

팀장은 고개를 갸웃했다.

무려 5천억이라는 돈을 투자하는 대신 요구하는 것이, 식당 메뉴를 골라 달라고?

"그거면 되는 겁니까?"

"네. 힘든가요?"

"구섬수가 뭘 먹을지는……."

"소소한 메뉴일 필요는 없습니다. 그냥 중국집에서 배달시켜 달라는 것뿐이지요."

"흐흠?"

그거라면 어려운 것도 없다.

가장 만만한 게 중국집 아니던가?

초 단위로 바뀌는 주식시장에서, 모니터 앞에서 한 끼 식사를 해결해야 하는 경우도 많다.

그때 가장 좋은 것이 자장면이다.

"정말 그거면 되는 겁니까?"

"네."

"으음……."

팀장은 머리를 긁었다. 하지만 자신이 받을 1억이라는 포상금에 비하면 무척이나 쉬운 일이었다.

"네, 알겠습니다."

팀장의 말에 노형진은 씩 미소를 지었다.

'망할 새끼.'

구섬수는 팀장을 보면서 이를 박박 갈았다.

거의 다 따라잡았다고 생각했다.

그런데 갑자기 외부에서 무려 5천억이라는 터무니없는 액수를 투자받았다.

자신이 운영하는 자산이 채 100억이 안 되는데 혼자서 5천억이란다.

자기 팀의 총자산이 1천억이니 한 번에 다섯 배를 받아 온 것이다.

'싯팔.'

그래서 상부에서는 그를 극찬하면서 포상금으로 무려 2억이라는 돈을 줬고, 그는 목에 힘을 잔뜩 주면서 다니고 있었다.

'아오, 씨발. 조금만 있으면 팀장 자리는 내 거였는데.'

하지만 한두 푼도 아니고 5천억이나 투자받았으니 물 건너간 셈이나 마찬가지.

'팀을 옮겨야 하나?'

한두 푼도 아니고 5천억이라면, 자신이 이길 수 있는 금액이 아니다.

물론 그 돈을 왕창 날리면 자신이 자리를 차지할 수도 있겠지만, 팀장 역시 자신 못지않은 능력자다.

즉, 그 돈을 날릴 만큼 호락호락한 사람은 아니라는 거다.

"자, 자! 오늘은 내가 쏜다!"

팀장은 신이 나서 외쳤다.

그럴 만하다.

현금 2억이 통장에 꽂혔을 테니까.

"오오!"

"비싼 거 사 먹어도 됩니까?"

"비싼 거?"

팀장은 코웃음을 치더니 종이를 꺼내 들었다.

"중국집에서 비싼 거 다 시켜! 삭스핀이든 난자완스든 뭐든, 내가 쏜다!"

"이야!"

팀원들은 신이 나서 먹고 싶은 것을 고르기 시작했다.

심지어 팀장은 자기 카드를 흔들면서 옆 팀원들까지 불러서 오늘 대대적인 회식을 하자고 했다.

'씨발.'

구섬수는 그걸 보면서 속으로 짜증을 삼켰다.

얼마 지나지 않아서 배달부가 양손에 바리바리 철가방을 들고 들어오는 것이 보였다.

"잘 먹겠습니다."

"잘 먹을게요, 팀장님."

"오늘 땡잡았네."

"으하하!"

기분 좋게 웃는 사람들 사이에서 가뜩이나 속으로 오만상을 다 찡그리고 있는 구섬수에게, 팀장이 다가와 속을 긁었다.

"어이, 섬수 씨. 이거 나르는 것 좀 도와주지?"

음식을 얼마나 많이 시킨 건지, 배달부만 무려 네 명.

그들은 양손 가득 철가방을 들고 있었다.

그러니 그 안에 있는 음식을 꺼내는 것도 일이었다.

"네."

어쩔 수 없이 가서 그 음식을 나르던 구섬수는, 귓가에 들려오는 목소리에 갑자기 소름이 돋았다.

"그……거…… 여기…… 아닌데……. 미…… 미안해……여."

철가방 안에서 자장면과 탕수육을 꺼내던 그는, 어눌한 말에 고개를 들었다.

그리고 눈앞에 보이는 남자가 장애인인 것을 보고 폭발하고야 말았다.

"이런 병신 새끼가, 여기가 어디라고 기어들어 와!"

자신의 집에 치킨을 배달했던 그 인간.

그 인간이 지금 눈앞에 있었다.

구섬수는 안 그래도 배알이 뒤틀려 있었는데 그를 보고 눈이 뒤집어진 것이다.

"이런 병신 새끼가!"

"으어어!"

구섬수는 배달부를 확 밀었고, 배달부는 바닥을 나뒹굴었다.

그 바람에 철가방에 있던 온갖 음식물이 뒤섞여 버리고 말았다.

"뭐 하는 겁니까!"

선두에 서 있던 남자가 소리를 질렀다.

아무리 배달부라고 하지만 자존심이 없는 건 아니니까.

"이런 병신 새끼가! 여기가 어디라고 기어들어 와! 어! 잘리고도 아직 정신 못 차렸지! 이 병신 새끼야! 너 같은 병신 새끼는 뒈져야지 왜 여기를 기어 다니는데! 버러지야! 어!"

언성을 높이는 구섬수.

깜짝 놀란 사람들이 그를 말리려고 하는 순간, 팀장이 손을 들어 그들의 접근을 막았다.

그들은 다가오려다가 움찔했고, 그걸 모르는 구섬수는 배달부들의 헬멧을 강제로 벗겼다.

"허, 이 새끼들 봐라? 죄다 병신 새끼들이네, 이거?"

선두에 선 사람을 제외한 나머지는 모두 약간 장애가 있는 듯한 모습들이었다.

"이봐요, 우리가 음식 배달하러 온 거지 욕먹으러 온 게 아니지 않습니까?"

멀쩡한 배달부가 언성을 높였다.

그러자 구섬수는 발끈했다.

"뭐야? 어디 짱깨 배달부 새끼가 손님한테 언성을 높이고 지랄이야, 지랄이! 병신 새끼들 데리고 다니면서 왕 노릇 하니까 네가 왕이라도 된 것 같디? 이런 개 같은……."

말을 하던 구섬수는 주변이 조용하다는 것을 느끼고 아차 싶었다. 고개를 돌리자 동료들이 차가운 시선으로 그를 노려보고 있었다.

"아니, 이건……."

그제야 구섬수는 아차 싶었다. 너무 발끈한 나머지 해서는 안 될 실수를 했다는 사실을 깨달았지만, 이미 상황은 돌변했다.

"뭐 하는 짓이지?"

팀장은 차갑게 말했다.

사실 사전에 듣기는 했지만 설마 이 정도로 행동할 줄은 몰랐다.

"아니, 그냥…… 병신 새끼들이 우리한테 배달을 하지 않습니까? 음식에 무슨 짓을 했을 줄 알고 이걸 먹습니까?"

"음식은 멀쩡한데? 랩으로 다 싸서 오는데 도대체 무슨 짓을 한다는 거지?"

"영 찝찝하잖습니까, 병신들이 가져다주는 건데, 우리가 이런 음식을 먹어야 한다는 것 자체가."

"자네, 나 좀 보지."

팀장은 손가락을 까딱이면서 구섬수를 불렀다.

그리고 다른 사람들에게 말했다.

"일단 드시고 계십시오. 잠깐 이야기 좀 할 테니."

구섭수는 눈을 찌푸렸다.

하지만 한편으로는 코웃음을 쳤다.

'자기가 뭐 어쩔 건데?'

이번에 그가 5천억을 받아 오기 전에는, 자신이 부동의 톱이었다.

실수이기는 하지만, 그렇다고 해서 회사에서 자신을 자르지는 못한다.

"뭐, 알겠습니다."

구섭수는 팀장을 따라 사무실로 들어가면서 고개를 돌렸다. 그리고 음식을 정리하는 배달부들을 보면서 나지막하게 중얼거렸다.

"더러운 병신 새끼들."

"어떻게 안 거야?"

노형진은 안에서 벌어지는 일을 보면서 피식 웃었다.

팀장이 미리 설치한 카메라로부터 송출된 영상에는 그 장면이 그대로 드러나 있었다.

"같은 실수를 할 거?"

"그래. 그래도 회사잖아. 그런데 저런 행동을 한다는 것 자체가 이해가 안 가는데."

"안에서 새는 바가지가 바깥에서 안 새겠어?"

"단순히 그거?"

"그건 아니지. 네가 말했잖아. 구섬수는 승진이 거의 확정적이었어."

하지만 노형진의 투자금 때문에 그 기회를 잃어버렸다.

그래서 배알이 뒤틀린 상황이었다.

"그런 상황에서 뭐 작은 일이라도 심기를 건드리면 터질 거라 예상했지."

"그래서 서준효 씨를 집어넣은 거야?"

"그래."

중국집에다 소정의 자금을 주면서 하루 정도 배달을 시켜 달라고 부탁하는 것은 어려운 일이 아니었다.

기업들이 즐비한 서울 한복판에 있는 중국집이니, 아파트 단지처럼 특정 고객에 예속되어 있지도 않으니까.

"사실 반쯤은 도박이었어."

그냥 살짝 눈을 찡그리는 수준으로 끝났다면 다른 계획을 짜야 했을 것이다. 하지만 다행히 잔뜩 화가 나 있던 구섬수는, 자신이 쫓아냈던 장애인이 등장하자 이성이 끊어지고 말았다.

"이야기를 들어 보니 회사에서도 실적이 좋아서 아무도 터치하지 않는다고 하더라고."

"그래?"

"업종의 특성이라고 해야 하나?"

증권은 타인과 함께하는 일이 아니다.

거기에다 분석력이 중요하다.

어떻게 보면 소시오패스 성향에 딱 맞는 직업인 셈이다.

"그러니까. 화가 난 상황에서 살짝만 자극해도 펑 터지는 거지."

"그건 알겠는데, 그런다고 해서 그가 무슨 불이익을 당하는 건 아니잖아?"

"불이익을 당하는 건 아니지."

내부적으로 그가 어떠한 불이익도 당하지 않을 거라는 것쯤은 알고 있었다. 팀장도 미리 이야기했고 말이다.

사실 사람들이 잘 모를 뿐, 증권가에서 갑질을 하는 행동은 아주 흔하다 못해 당연한 일쯤 된다.

애초에 상위 1%에 들어가는 사람들이니까.

"하지만 그게 외부에 드러났을 때는 전혀 다른 문제가 되는 거지, 후후후."

"외부에 드러났을 때?"

"그래. 무슨 일이든 핑계가 중요한 법이거든."

노형진은 살짝 웃으며 말했다.

"그리고 핑계는 충분히 만들어진 것 같네."

안에서 새는 바가지는 바깥에서도 샌다.

그리고 그 바가지는 재활용이 불가능하다는 것을 노형진은 알고 있었다.

역시 지랄을 해 봐야
사람은 지 주제를 안다

노형진이 서준효를 배달부로 넣은 이유는 간단하다.

구섬수를 자극하기 위해서다.

아니나 다를까, 구섬수는 발끈해서 소란을 일으켰다.

사실 장애인에 대해서는 처음일 뿐 내부에서 분란을 일으킨 건 처음이 아니었기 때문에, 언제나처럼 흐지부지 넘어갈 만한 일이었다.

언제나처럼 말이다.

"각성하라! 각성하라!"

"장애인 모욕을 금지하라!"

"차별을 철폐하라!"

하지만 그게 외부로 나가게 되면서 이야기가 달라지기 시작했다.

노형진은 해당 영상을 슬쩍 인터넷에 올렸다.

그리고 적절하게 장애인 단체를 자극했다.

"이런 일을 해 보는 게 처음이라 좀 어색하네요."

좀 떨어진 곳에서, 김중섭은 노형진을 바라보면서 입맛을 다셨다.

"세상은 이런 걸 해야 일하는 줄 알죠."

"그건 그렇습니다만."

김중섭은 한숨을 쉬며 머리를 절레절레 흔들었다.

그는 헌옷 수거 사건 당시에 노형진과 만났다.

그 당시 조건평이라는 자가 장애인 단체를 빼앗아 가짜 장애인을 동원해서 헌옷 수거를 해 왔는데, 그걸 되찾는 과정에서 만난 것이다.

"그 이후로 정치권에서 지원금이 딱 끊어질 줄은 몰랐습니다."

김중섭은 씁쓸하게 말했다.

조건평을 몰아내고 장애인 단체의 권리를 찾는 데에는 성공했는데, 그 이후에 정치권에서 지원이 끊겨 버렸던 것.

"그런 거죠. 일반적으로 정치권의 지원을 미끼 삼아서 돈을 받아 내기 위해서는 브로커가 필요하니까요."

그리고 조건평이 바로 그 브로커였고 말이다.

"조건평이 주는 돈이 없으니 정치권은 이제 상관하지 않겠지요."

이것이 법이다

"하지만 이런다고 뭐가 바뀔까요?"

"일단 사회단체로서 정식으로 인식될 겁니다. 정확하게는, 이쪽에서도 지랄할 줄 안다는 걸 알아야 정부에서도 지원금을 주거든요."

"네에?"

"조용히 있는 사회단체에 돈을 주는 경우는 두 가지뿐입니다. 자기들이 밀어주는 단체이든가, 아니면 내부적으로 선이 있든가."

하지만 아무것도 없는 김중섭의 장애인 단체는 이런 활동을 하지 않으면 아무런 지원도 받을 수가 없었다.

"그게 현실이죠."

김중섭은 입맛을 쩝쩝 다셨다.

아무래도 약간 자괴감이 드는 모양이었다.

노형진은 그런 그를 보면서 다독거렸다.

"그래도 틀린 활동을 하는 건 아니지 않습니까?"

"그건 그런데……."

장애인에 대한 모욕 및 폭행.

팀장이 몰래 심어 둔 카메라에 촬영된 영상은 인터넷을 돌았고, 장애인 단체에서는 그걸 가지고 들고일어났다.

시작은 김중섭이었다.

노형진에게 부탁을 받고 들고일어난 것이다.

그런데 그게 소문이 나자 장애인 단체가 너도나도 달려들기 시작했다.

'원래 시작이 어려운 법이거든.'

하지만 일단 시작되면 그 이후는 쉽다.

거기에다 장애인들은 일종의 자격지심을 가지고 있는 경우가 많다.

그래서 자신을 무시하는 사람들에게 심하게 발끈하는 경우가 적지 않다.

"그런데 이런다고 저들이 바뀔까요?"

"사실 바뀌지는 않겠지요."

이 시위가 오래갈 수는 없다.

일단 집회 신고를 해 두기는 했지만, 그렇다고 해서 1년이고 2년이고 집회를 할 수는 없다.

거기에다 애초에 증권회사라는 곳은 돈을 온라인을 통해서만 주무른다.

입구로 들어오는 손님이 불편하기는 할지언정, 진짜 돈이 되는 큰손이 이쪽으로 올 리 없다.

"아마 그다지 타격은 없을 겁니다."

"네? 그러면 의미가 없는 거 아닙니까?"

"의미가 없지는 않습니다. 이쪽에서 지랄을 하면 저쪽도 일단은 움츠러들 수밖에 없거든요. 목소리가 크면 이긴다는 말이 괜히 생긴 게 아닙니다."

법적으로 문제가 없다고 해도, 목소리를 높이면 귀찮아서

라도 고개를 숙이는 경우가 많으니 그런 말이 나오는 거다.

"그런데 우리를 보고 영향을 받는 사람이 있을지……."

"있으니까 걱정하지 마세요, 후후후."

노형진은 자신 있게 말했다.

⚖

구섬수는 주변의 시선에 짜증이 확 밀려왔다.

지난번 실수가 회사에서 자신의 입지를 확 줄였다.

'그래 봤자지.'

어차피 애널리스트는 남들과 함께 일하는 직업이 아니다.

자신이 잘났으면 그걸로 끝나는 직업이다.

'망할 팀장만 아니었으면.'

사실 자신의 실적은 압도적이다.

가만히 있으면 이번 승진 대상은 자신이었을 테니 그 눈꼴 신 팀장도 쫓아낼 수 있었는데, 팀장이 외부에서 거액을 들여오는 바람에 일이 다 꼬인 것이다.

'어쩔 수 없지. 다른 팀으로 보내 달라고 하든가 해야지.'

그는 속으로 짜증을 삼키면서 이사실로 들어갔다.

"부르셨습니까, 이사……님?"

들어가던 구섬수는 책상 앞에 앉아 있는 노형진을 발견하고는 눈을 찌푸렸다.

"네가 왜 여기서 튀어나오는데?"

자신에게 사과를 하라면서 터무니없는 헛소리를 하던 인간.

그 인간이 왜 이사실에 있단 말인가?

"제 의뢰인을 구타하셨다면서요?"

"허, 그 병신 새끼? 그 새끼가 여기까지 기어 오는데 화가 안 나게 생겼어?"

"그러시면 안 되죠."

"지랄한다."

구섬수는 노형진을 비웃으며 말했다.

"너야말로 좆도 없어서 그런 병신 변호나 하는 주제에, 꼴에 변호사라고 고개를 뻣뻣하게 들고 다니냐?"

그의 비웃음에 노형진은 한숨을 푹 쉬었다.

"지금 그 말, 저한테 한 말입니까?"

"그래, 이 병신 새끼야. 어디 작은 사무실 내고 변호사라고 말하고 다니는 주제에 모가지에 힘주기는."

"그거 모욕인 거 아시죠?"

"안다. 그래서 뭐? 어쩔 건데? 또 신고할 거야? 벌금 내지, 뭐."

어깨를 으쓱하면서 말하는 구섬수.

노형진은 의외로 화를 내지 않았다.

대신에 이사실 옆에 붙어 있는 별도의 개인 화장실을 바라보았다.

"제가 이 꼴을 당하면서까지 돈을 넣을 의미는 없어 보이죠?"

"뭐야? 꼴에 우리 회사에 넣은 돈이라도 있는 거냐?"

비웃는 구섬수.

그런데 화장실 문이 열리며 나온 이사는 얼굴이 창백해져 있었다.

"아…… 저…… 고, 고객님……."

"더 이상 길게 이야기하지 않겠습니다. 돈 빼 주세요."

"아니, 잠시만요, 고객님! 이건 저기……!"

"무슨 변명을 할 수 있는 상황입니까?"

"……."

이사는 말을 할 수가 없었다.

"제 의뢰인을 무시하고, 제 의뢰인이 속한 집단도 무시하고, 심지어 저까지 무시했는데요. 기회는 세 번이나 있었는데 이 이상 참으면 호구죠."

"잠시만요, 고객님!"

"돈 빼 가도록 하겠습니다."

노형진은 자리에서 일어났다.

그리고 뒤도 안 돌아보고 그곳을 나왔다.

"뭐야, 이 새끼는?"

상황을 모르는 구섬수는 위아래로 노형진을 훑어보면 비웃음을 날렸지만, 그다음 순간 털썩 주저앉은 이사에게로 시선이 돌아갔다.

"이사님, 신경 쓰지 않으셔도 됩니다. 저런 비렁뱅이 새끼 하나 없어도 우리 멀쩡합니다."

"비렁뱅이? 비렁뱅이? 이 새끼야! 너 지금 무슨 짓을 한 건지 알아!"

"네?"

"그분이 우리한테 이번에 5천억을 투자하신 분이란 말이 다! 그분이 미다스의 한국 대리인이라고!"

"헉!"

그제야 구섬수는 자신이 어떤 실수를 했는지 알아차렸다.

⚖️

"제발 부탁드립니다. 한 번만 용서해 주십시오."

증권사에서 다급하게 나온 이사는 진땀을 흘렸다.

어떻게 해서든 출금을 막아야 했다.

아니, 최소한 늦추기라도 해야 했다.

"아니, 5천억이나 되는 금액을 한꺼번에 출금하시면……."

"정확하게는 5천하고도 12억입니다. 수익분도 출금할 겁 니다."

이사는 땀을 뻘뻘 흘리면서 노형진을 말리려고 노력했다.

구섬수 그 인간 때문에 최대의 큰손이 날아가게 생겼다.

아니, 날아가는 것은 문제가 아니다.

그 돈을 이미 썼다는 것이 문제다.

'돈이라는 게 그런 거지, 흐흐흐.'

투자받은 돈을 주식에 투자하는 것이 바로 증권회사들이다.

그러니 그걸 뺀다고 하면 문제가 생길 수밖에 없다.

"노 변호사님, 이런 경우는 저희가 곤란합니다. 저희가 그 돈을 갑자기 빼려면 주식을 팔아야 하는데…….."

"그러니까요. 전 주식을 팔아서 달라고 하는 겁니다."

"하지만 기업이…… 문제가 됩니다."

"그건 그쪽 사정이고요. 그냥 주식 팔아서 주시면 되는 겁니다."

"그러면……."

그들은 그 돈을 대기업 계열사에 투자했다.

안 그래도 대기업 계열사에서 투자해 달라고 요청이 들어왔기 때문이다.

노형진은 그걸 모른 척했고.

"그러면 그 회사가 도산할 수 있습니다."

"그건 제가 알 바 아니지요. 저는 대리인일 뿐입니다. 미다스는 사회적으로 가치가 없는 일에 돈을 투자하는 것을 무척이나 싫어합니다. 무슨 뜻인지 아시죠? 하물며 다른 곳도 아니고 이사실에서 그런 식으로 고객을 모욕하는 인간을 고용한 회사와 거래할 필요는 없을 것 같네요."

"……."

이사는 침을 꿀꺽 삼켰다.

'잊고 있었다.'

미다스는 사회적으로 문제를 일으킨 조직에 돈을 쓰지 않는다.

지금까지 그런 곳들과 척지고 싸워 온 사람이지, 모른 척한 사람은 아니었다.

"저기, 지난번의 그 일이라면…… 사과문도 올렸고……."

"그래요? 하지만 저희 쪽에서 개인적으로 접촉해 본 결과, 피해자들에게 어떤 배상도 사과도 없었고, 경찰을 통해 알아서 해결하라는 말을 했다고 하던데요? 거기에다 제 쪽에도 사과를 하러 오지 않았고요."

사실 노형진은 그가 찾아와서 사과를 하면 그걸 핑계 삼아서 다른 피해자들에게도 사과를 시키고 사건을 종결시킬 생각이었다.

하지만 노형진의 예상과 다르게 구섬수는 다른 사람뿐만 아니라 노형진에게도 오지 않았다.

'도리어 미다스를 찾고 있다지.'

즉, 자신을 제외하고 미다스에게 직접 사과해서, 자존심을 지킴과 동시에 돈 역시 지키려는 속셈이었다.

'내가 바보도 아니고.'

하지만 정부도 찾지 못한 미다스를 그가 찾을 수 있을 리도 없거니와, 설사 그런다고 해도 용서해 줄 생각도 없었다.

"하지만 그건 그 구섬수 씨가 잘못한 것뿐인데……."

애써 변명을 하는 이사.

아마도 개인의 실수로 치부해서 어떻게 해서든 넘기려는 속셈일 것이다.

하지만 그런다고 해서 넘어갈 수 있는 일이 아니었다.

"돈을 빼는 것 역시 미다스 개인의 선택 아닌가요? 아니면, 그 돈을 빼 주지 못하는 다른 이유라도 있나요?"

"……."

법적으로 이 돈은 예금이 아니다.

하지만 또 적금처럼 묶여 있는 돈이 아니다.

주식을 가지고 있으면 그걸 팔아 지급하면 된다.

일반적인 경우라면 전혀 문제가 되지 않는다.

"하지만 그 돈은 이미…… 투자가……."

다른 곳도 아니고 대기업 계열사에 들어간 상황이다.

증권회사란 그런 곳이니까.

"그러니까 그 증권을 팔고 돈을 돌려 달라는 말입니다."

"저기, 손실이 있을지도 모르고……."

"아, 손실은 저희 쪽에서 감수하도록 하지요. 그러니까 팔고 돌려주세요."

노형진은 확고하게 말했다.

이사의 얼굴은 창백하게 질려 갔다.

"김 이사, 미쳤어!"

모 기업의 계열사인 제두 어페럴은 새롭게 의료 브랜드를 론칭 했다.

그래서 막 급성장을 하려고 하는 찰나, 생각지도 못한 일이 터져 나왔다.

제두 어페럴의 주식 중 상당수가 시장에 나온 것이다.

당연히 제두 어페럴의 사장은 그걸 구입한 증권사에 전화를 해서 지랄 발광을 할 수밖에 없었다.

아주 큰 회사가 아니었기 때문에 제두 어페럴의 주식 양은 그다지 많지 않다.

그런데 그게 시장에 다량 풀려 버리자, 주식가격은 폭락할 수밖에 없었다.

문제는 주식가격이 폭락한다는 것 자체가 그 기업의 건전성이 의심된다는 의미이니, 그 때문에 그 주식을 가진 다른 증권사들 역시 '팔자'를 외치기 시작한 것.

"너희, 지금 무슨 짓을 하는지 아는 거야!"

제두 어페럴의 사장은 김 이사에게 고래고래 소리를 질렀다.

―저희도 최선을 다하고 있습니다만…….

"최선? 최서언? 이게 최선이야! 어! 이게 최선이냐고! 이 새끼야! 내가 귓구멍이 없는 줄 알아!"

물론 방법이 없는 것은 아니다.

그 주식을 다른 투자자들이 넣은 돈으로 직접 사면 되는 것이다.

하지만 그 금액이 너무 크다는 것이 문제였다.

한두 푼도 아니고 무려 5천억이다.

거기에다가 정식으로 발표된 미다스의 말에 영향을 받은 사람들이 증권사에 피바람을 불러오고 있었다.

-해당 증권사는 사회적으로도 금전적으로도 가치가 없는 것으로 보입니다. 그래서 미다스는 해당 증권사에 위탁한 전액을 출금하기로 결정했습니다.

미묘한 말이다.

하지만 다른 사람도 아닌 미다스가 한 말이다.

딱히 업무 방해하는 말도 아니지만, 다른 사람도 아닌 미다스를 통해 발표된 말인 만큼 적지 않은 돈이 급하게 나가고 있다.

그러니 그들 입장에서는 틀어막고 싶어도 틀어막을 방법이 없었다.

당연히 제두 어페럴과 본사에서는 사태를 확인했고, 이번 사태가 증권사의 어마어마한 실수로 인해 벌어진 것이라는 것을 알 수 있었다.

"본사에서 이걸 가만둘 것 같아! 너희 모조리 고발할 거야! 알았어! 어!"

—하…… 하지만 사장님.

"하지만이고 뭐고!"

사장은 눈이 뒤집어져서 소리를 질러 댔다.

"너희 모조리 감방으로 갈 준비 해, 이 새끼들아!"

⚖️

"제두 어페럴 괜찮을까? 엉뚱한 피해자 만드는 거 아냐?"

손채림의 걱정에 노형진은 고개도 들지 않고 대답했다.

"멀쩡해. 그 뒤에 누가 있는지 몰라? 말이 5천억이지, 그들이 필요한 단기자금은 2천억 정도야. 그러니 무너지거나 하지는 않아. 물론 본사 차원에서 약간의 자금 문제가 생기겠지만."

"너 진짜 무섭구나."

애초에 노형진이 노린 것은 증권회사가 아니었다.

자신이 투자를 함으로써, 그 증권회사 뒤에 있는 대기업을 자극하려고 했던 것.

"어차피 난 손해 보는 건 없지. 금방 돌려받는 돈이니까. 하지만 들어온 돈이라는 것은, 결국 메꿔야 하는 돈이기도 하거든."

하물며 제두 어페럴은 이제 시작하는 시점이다.

가게를 내야 하고, 물건을 만들고 홍보해야 한다.

한데 가장 돈이 많이 들어가는 시점에 돈이 펑크가 났으니 그들이 화가 안 날 리 없다.

"더군다나 그 원인이 전혀 엉뚱한 증권회사 때문이라고 하면 눈이 안 돌아갈 리 없지."

"그리고 증권회사는 구섬수를 자를 수밖에 없고 말이지?"

"그래, 후후후."

이번 일로 인해 증권회사는 그 믿음에 심각한 타격을 입었을 수밖에 없다.

어떻게 해서든 돈을 만들어야 하니까.

사실 장기적으로 보면 아주 큰 타격은 없다.

하지만 단기적으로 내부에 자금 흐름이 말라붙을 수밖에 없고, 그러면 증권사라는 이름상 타격이 안 갈 수가 없다.

"3억쯤 버니까 벌금은 무섭지 않겠지. 하지만 땡전 한 푼 못 벌게 되면 제법 무서울걸."

노형진은 피식하면서 웃었다.

"그 인간 쫓겨 갔다던데?"

"그래?"

얼마 후 노형진이 들은 구섬수의 소식은 의외였다.

"회사에서 잘리고는 복직 소송 걸었나 봐."

노형진은 고개를 끄덕거렸다.

"소송에서 이길까?"

"일단 이기기는 하겠지."

상황이 상황인지라 그만두게 하긴 했지만, 사실 정당한 해 직 사유는 아니었다.

단순히 노형진에게 잘못 보인 것뿐이니까.

"하지만 그래도 오래는 못 할 거야. 구섬수 본인도 그걸 알 테고."

"응? 어째서?"

"한 번 사고 친 사람을 다시 데리고 있는 것은 부담스러운 일이거든."

더군다나 그는 노형진뿐만 아니라 대기업에도 찍혀 있는 상황이다.

대기업의 주식을 사고파는 증권회사 입장에서는, 그라는 존재 자체가 부담스러울 수밖에 없다.

"그래서 이사를 갔을 가능성이 높아. 더 이상 큰 기업에 있을 수 없으니 작은 곳에라도 가야겠지."

"아아."

그리고 지금 상황에서 그는 이 집을 유지할 수 있는 수준 이 되지 못한다는 걸 누구보다 잘 알 것이다.

똑똑한 사람이니까.

"치킨 하나로 인생 바꿔 먹은 거네."

"원래 치킨이 좀 비싸잖아."

노형진은 키득거리면서 웃었다.

"그런데 재기할까?"

"언젠가는 하겠지."

능력이 되는 사람이라면 할 것이다.

그리고 재기하는 것까지 노형진이 막을 생각은 없었다.

그건 너무 가혹하니까.

"하지만 또 똑같은 실수를 한다면⋯⋯."

노형진은 어깨를 으쓱하며 말했다.

"또 나를 만나게 될 거야, 후후후."

다음 권으로 이어집니다

200평 초대형 24시 만화방

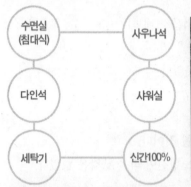

- 수면실 (침대식)
- 사우나석
- 다인석
- 샤워실
- 세탁기
- 신간100%

還生武神

환생무신

김신 신무협 장편소설

카카오 페이지 무협 1위!
폭발적인 댓글과 추천, 30만 독자의 선택!

천하를 통일한 북천대장군이자
황제의 의형, 무신武神 선화윤

팔다리가 찢겨 죽었다
믿었던 의동생과 동료들의 손에
황제 위에 자리한다는 이유로

15년 뒤, 다시 눈을 떴다
인신 공양에 바쳐진 태양신궁의 사공자 화윤으로
심장에는 정체불명의 태양까지 품은 채!

"동생아, 네가 죽인 형님이 돌아왔다!"

거짓과 위선으로 가득한 세상
환생한 무신의 징벌이 시작된다!